猛獣学園！アニマルパニック

百獣の王ライオンから逃げきれ！

緑川聖司・作
畑 優以・絵

集英社みらい文庫

猛《もう》獣《じゅう》学《がく》園《えん》！ 緑《みどり》ヶ《が》原《はら》小《しょう》学《がっ》校《こう》の生《せい》徒《と》たち

小《しょう》6 高《たか》橋《はし》大《だい》地《ち》

主《しゅ》人《じん》公《こう》。
弟《おとうと》思《おも》いで責《せき》任《にん》感《かん》が強《つよ》く、
どんな動《どう》物《ぶつ》とも仲《なか》よくなる
力《ちから》をもっている。

小《しょう》6 吉《よし》岡《おか》陽《ひ》菜《な》

大《だい》地《ち》の幼《おさな》なじみ。
動《どう》物《ぶつ》思《おも》いで5年《ねん》生《せい》まで
飼《し》育《いく》委《い》員《いん》をしていた。

グレイ

緑《みどり》ヶ《が》原《はら》小《しょう》学《がっ》校《こう》に
迷《まよ》いこんだ
灰《はい》色《いろ》の毛《け》の子《こ》犬《いぬ》。

小《しょう》2 高《たか》橋《はし》蓮《れん》

大《だい》地《ち》の弟《おとうと》。
好《こう》奇《き》心《しん》おうせいで
人《ひと》なつっこく、動《どう》物《ぶつ》好《ず》き。

小《しょう》6 青《あお》木《き》翔《しょう》太《た》

6年《ねん》2組《くみ》の信号《しんごう》トリオ。
運動《うんどう》神経《しんけい》バツグンで
元気《げんき》いっぱい。

小《しょう》6 赤《あか》井《い》さくら

6年《ねん》2組《くみ》の信号《しんごう》トリオ。
ひっこみじあんの
やさしい女《おんな》の子《こ》。

木《き》村《むら》先《せん》生《せい》

緑《みどり》ヶ《が》原《はら》小《しょう》学校《がっこう》の
理科《りか》の先生《せんせい》。

小《しょう》6 黄《き》島《じま》光《ひかる》

6年《ねん》2組《くみ》の信号《しんごう》トリオ。
勉強《べんきょう》がとくいで
頭《あたま》の回転《かいてん》が速《はや》い。

もくじ

1 ライオンから逃《に》げろ！

「大地兄《だいちにい》ちゃ～ん、もうつかれたよ～」

坂道《さかみち》の途中《とちゅう》で、しゃがみこんで泣《な》き声《ごえ》をあげる弟《おとうと》の蓮《れん》に、

「なにいってるんだ。いつも通《とお》ってる道《みち》だろ」

ぼくはため息《いき》をつきながら、腰《こし》に手《て》をあててふり返《かえ》った。家《いえ》をでてから、泣《な》き言《ごと》をいって立《た》ち止《ど》まるのは、これでもう3回目《かいめ》なのだ。

「だって、暑《あつ》いんだもん」

「あのなあ」

ぼくはさすがにカチンときて、蓮《れん》をキッとにらんだ。

「その暑《あつ》いなか、学校《がっこう》に忘《わす》れものをしてきたのは、だれだと思《おも》ってるんだよ。兄《にい》ちゃんはこのまま帰《かえ》ってもいいんだぞ」

蓮《れん》はうらめしそうな顔《かお》でぼくを見《み》ていたけど、やがてあきらめたように立《た》ちあがると、ふくれっつらで歩《ある》きだした。

もう昼《ひる》をとっくにすぎているのに、陽射《ひざ》しは弱《よわ》まることなく、容赦《ようしゃ》なくアスファルトにてりつけている。

夏休《なつやす》みも、ちょうど3分《ぶん》の1がすぎた、8月《がつ》はじめの午後《ごご》。

蓮《れん》の忘《わす》れものをとりにいくため、ぼくたちは学校《がっこう》へつづく長《なが》いのぼり坂《ざか》を歩《ある》いていた。

1学期《がっき》の終業式《しゅうぎょうしき》の日《ひ》に、友《とも》だちに貸《か》していた本《ほん》を返《かえ》してもらって、机《つくえ》にいれたまま、昨日《きのう》まですっかり忘《わす》れていたらしい。

6年生《ねんせい》のぼくと2年生《ねんせい》の蓮《れん》が通《かよ》う緑《みどり》ヶ《が》原小学校《はらしょうがっこう》は、まわりを森《もり》にかこまれた高台《たかだい》のうえに建《た》っている。

運動会《うんどうかい》のときとか、まわりに気兼《きが》ねなく大声《おおごえ》をだせるのはいいんだけど、その分《ぶん》、通学《つうがく》が大変《たいへん》だった。

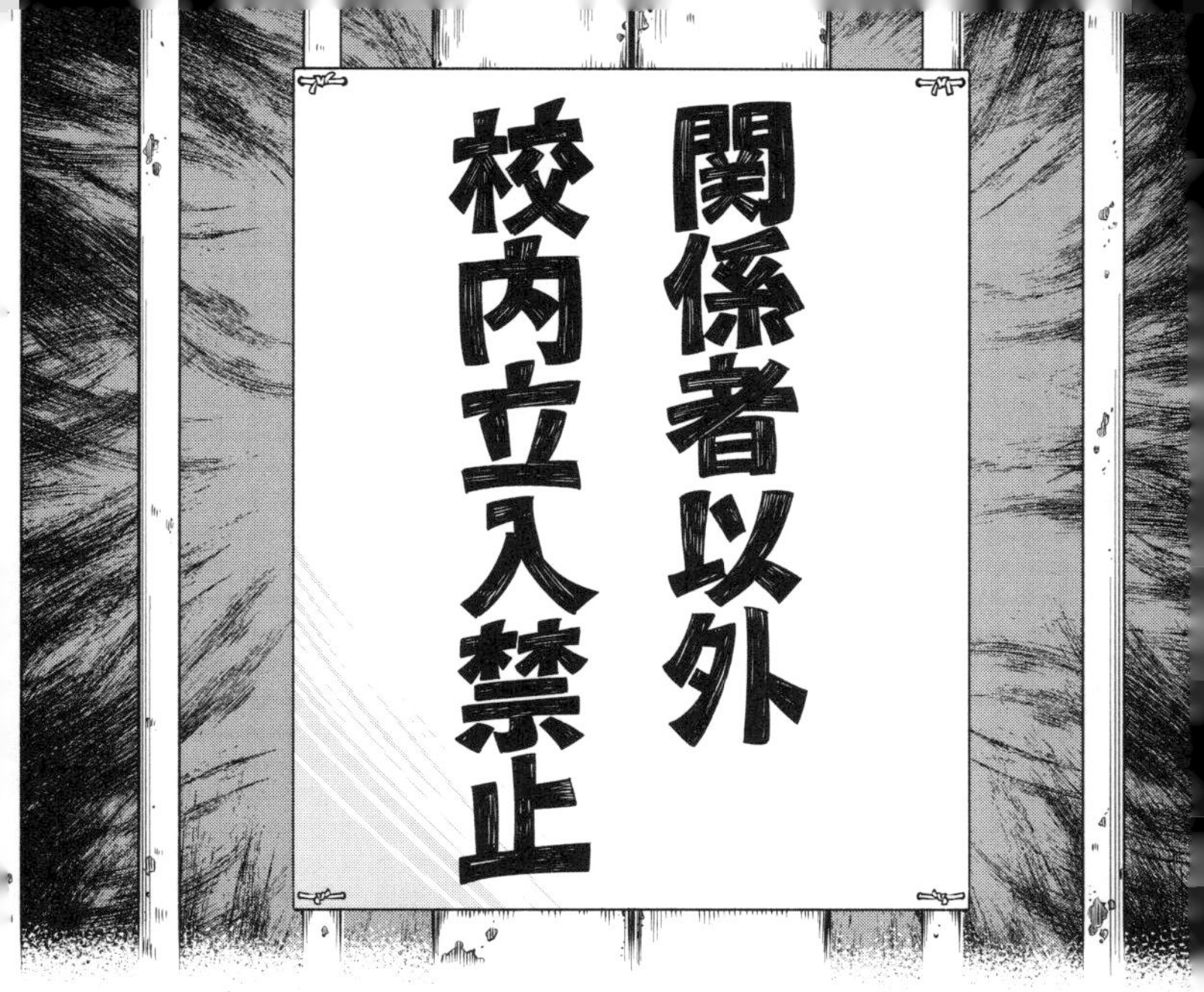

汗《あせ》だくになって、ようやく学校《がっこう》にたどりついたぼくは、校門《こうもん》の前《まえ》でがっくりと肩《かた》を落《お》としてつぶやいた。

「まじかよ……」

『関係者以外《かんけいしゃいがい》　校内立入禁止《こうないたちいりきんし》』

「兄《にい》ちゃん。これ、なんて書《か》いてあるの？」

無邪気《むじゃき》にたずねる蓮《れん》に、

「関係《かんけい》ないやつは学校《がっこう》にはいるなって書《か》いてあるんだよ」

ぼくは投《な》げやりにこたえた。

校庭《こうてい》の奥《おく》、校舎《こうしゃ》の陰《かげ》に、大《おお》きなトラックやトレーラーが停《と》まっているのが見《み》える。

そういえば、体育館《たいいくかん》の工事《こうじ》のため、8月前半《がつぜんはん》はだれも学校《がっこう》にはいれないと、終業式《しゅうぎょうしき》の日《ひ》にいわれたような気《き》がする。

「あーあ……しょうがないな。帰《かえ》るぞ、蓮《れん》」

「でも、あそこにだれかいるよ」

蓮《れん》が門《もん》のむこうを指《ゆび》さした。

「え？」

そういわれて目《め》を向《む》けると、トラックが停《と》まっているのとは反対側《はんたいがわ》、西校舎《にしこうしゃ》のそばにある飼育小屋《しいくごや》の前《まえ》で、女《おんな》の子《こ》がしゃがみこんでいるのが見《み》えた。

「あれ？」

なんだか見覚《みおぼ》えのあるうしろ姿《すがた》だな、と思《おも》っていると、

「ここ、あいてるよ」

正門《せいもん》の横《よこ》にある通用門《つうようもん》を勝手《かって》にあけて、蓮《れん》がすたすたとはいっていった。

「おい、ちょっと待《ま》てよ」

ぼくはあわててあとを追《お》った。

人気《ひとけ》のない真夏《まなつ》の校庭《こうてい》は、強《つよ》い陽射《ひざ》しに空気《くうき》がゆらめいていて、まるでサバンナみたいだった。

「あーつかれた。ぼく、お水《みず》飲《の》んでくる」

蓮《れん》が、校舎《こうしゃ》の前《まえ》にある飲《の》み水用《みずよう》の蛇口《じゃぐち》を目指《めざ》して、いきおいよく走《はし》りだした。

この暑《あつ》さのなか、よく走《はし》る気《き》になるなあ、とあきれながら蓮《れん》を見送《みおく》ったぼくは、飼育小屋《しいくごや》に近《ちか》づいて女《おんな》の子《こ》に声《こえ》をかけた。

「陽菜《ひな》?」

金網《かなあみ》のすきまから、指先《ゆびさき》でウサギの頭《あたま》をなでていたクラスメイトの吉岡陽菜《よしおかひな》は、ビクッと肩《かた》をふるわせると、ふり返《かえ》って目《め》をまるくした。

「大地《だいち》じゃない。びっくりさせないでよ」

ウサギをなでるのに夢中《むちゅう》で、ぼくたちがはいってきたことに気《き》づいてなかったみたいだ。

「こんなところで、なにしてるの?」

「蓮《れん》が忘《わす》れものしたっていうから、ついてきたんだよ。陽菜《ひな》こそ、今日《きょう》は夏期講習《かきこうしゅう》じゃなかったのか？」

「今日《きょう》は夕方《ゆうがた》から」

陽菜《ひな》はそういって立《た》ちあがると、薄《うす》いピンクのトートバッグを肩《かた》にかけなおした。

ぼくは2年生《ねんせい》のときにこの町《まち》に引《ひ》っ越《こ》してきたんだけど、陽菜《ひな》はすぐ近所《きんじょ》に住《す》んでいて、学年《がくねん》が同《おな》じで、通学班《つうがくはん》も同《おな》じ。すぐに親《した》しくなって、いまでも同級生《どうきゅうせい》のなかで一番仲《いちばんなか》がよかった。

動物好《どうぶつず》きの陽菜《ひな》は、去年《きょねん》まで毎年《まいとし》、学校《がっこう》で飼《か》ってる動物《どうぶつ》の世話《せわ》をする飼育委員《しいくいいん》——通称《つうしょう》**〈いきものがかり〉**をしていたんだけど、今年《ことし》は受験《じゅけん》があるからと、親《おや》に反対《はんたい》されて、泣《な》く泣《な》くあきらめていた。

「塾《じゅく》まで時間《じかん》があったから、散歩《さんぽ》してたら、たまたま門《もん》があいてて……」

陽菜《ひな》はいいわけするような口調《くちょう》でそういったけど、たぶん、工事中《こうじちゅう》でもちゃんとえさをもらえてるか心配《しんぱい》になって、飼育小屋《しいくごや》のウサギの様子《ようす》を見《み》にきたのだろう。

ぼくも一緒《いっしょ》に小屋《こや》のなかをのぞきこんだ。白《しろ》いウサギが、キャベツのきれはしをさくさくと音《おと》を立《た》てて食《た》べている。

ちゃんとえさはもらってるみたいだな、と思《おも》っていると、小屋《こや》のうしろから、灰色《はいいろ》のきれいな毛《け》なみをした子犬《こいぬ》がひょっこりと顔《かお》をだした。

「あれ？　おまえ、どこからはいってきたの？」

陽菜《ひな》がしゃがんで手《て》をのばすと、子犬《こいぬ》は「くーん」と鳴《な》いて、その手《て》に鼻《はな》をこすりつけた。

「もしかして、おなかがすいてるのかな？」

ぼくはポケットをさぐったけど、家《いえ》の鍵《かぎ》と連絡用《れんらくよう》の子供《こども》ケータイしかはいってない。

「これ、食《た》べるかな？」

陽菜《ひな》がバッグから、クリームパンをとりだした。

子犬《こいぬ》がしっぽをふりながら、パンに飛《と》びつく。

そこに蓮《れん》が戻《もど》ってきて、子犬《こいぬ》を見《み》つけた。

「あれ？　それって、陽菜《ひな》ねえちゃんの犬《いぬ》？」

「ちがうわよ」

陽菜《ひな》が苦笑《くしょう》していう。

「それより、忘《わす》れものはとってきたの？」

「あ、そうだった。ねえ、早《はや》く教室《きょうしつ》にいこうよ」

蓮《れん》がぼくの手《て》をつかんでひっぱった。

「鍵《かぎ》が閉《し》まってるだろ」

「門《もん》があいてたんだから、あいてるかもしれないよ。ぼく、見《み》てきてあげる」

蓮《れん》はそういうと、止《と》めるまもなくかけだしていった。

これじゃあまるで、蓮《れん》のほうが子犬《こいぬ》みたいだな、と思《おも》っていると、

(アブナイヨ)


とつぜん、どこからか甲高《かんだか》い子供《こども》の声《こえ》のようなものが聞《き》こえてきた。

「え？」

ぼくはあたりを見《み》まわした。

だけど、ぼくと陽菜《ひな》以外《いがい》には、だれもいない。

「どうしたの？」

陽菜《ひな》が不思議《ふしぎ》そうにぼくの顔《かお》を見《み》つめる。

「いや……いまの、陽菜《ひな》じゃないよな?」

「なにが?」

「あぶないよ、って声《こえ》が聞《き》こえたと思《おも》ったんだけど……」

首《くび》をひねりながら、ふと足《あし》もとに目《め》を向《む》けると、灰色《はいいろ》の子犬《こいぬ》がじっとぼくを見《み》あげて、みじかくほえた。


(ウシロ!)


さっきと同《おな》じ声《こえ》が、頭《あたま》のなかに危険信号《きけんしんごう》のようになり響《ひび》いて、ぼくははじかれたようにふり返《かえ》った。

校庭《こうてい》のむこう側《がわ》、トラックが停《と》まっている校舎《こうしゃ》の陰《かげ》から、大《おお》きな犬《いぬ》がのっそりとあらわれるのが見《み》える。

いや——そいつは犬《いぬ》じゃなかった。

遠《とお》くにいるから小《ちい》さく見《み》えるけど、校舎《こうしゃ》の窓《まど》とくらべると、たぶんぼくよりも大《おお》きいだろう。

立派《りっぱ》なたてがみにおおわれた、そのりりしい顔立《かおだ》ちを見《み》て、ぼくはさけんだ。

「ライオンだ！」

陽菜《ひな》がみじかい悲鳴《ひめい》をあげて、ぼくの腕《うで》をギュッとつかむ。

ライオンはスッと背筋《せすじ》をのばすと、空《そら》を見《み》あげて、大《おお》きくほえた。

ヴオオオオォォオオオッ！

すぐ近《ちか》くで爆弾《ばくだん》が爆発《ばくはつ》したみたいな衝撃《しょうげき》が、ぼくたちをおそった。

足《あし》もとの地面《じめん》がゆれて、体《からだ》がびりびりとしびれる。

ぼくたちがぼう然《ぜん》としていると、ライオンはそのたくましいうしろ足《あし》で、地面《じめん》をけった。

まるでロケットのようないきおいで、一気《いっき》に迫《せま》ってくる。

あっというまに、目《め》の前《まえ》までやってきたライオンの姿《すがた》に、ぼくたちはまったく身動《みうご》きができなかった。

足《あし》はがくがくとふるえ、頭《あたま》がカッと熱《あつ》くなって、耳《みみ》のうしろがどくどくと脈打《みゃくう》っている。

息《いき》をすることも忘《わす》れて、ぼくが立《た》ち尽《つ》くしていると、

ブー……ブー……ブー……


近《ちか》くでスマホのバイブ音《おん》がした。

陽菜《ひな》がバッグを押《お》さえて、真《ま》っ青《さお》な顔《かお》で凍《こお》りつく。


ガウウウゥ……

ライオンがうなりながら、体《からだ》を低《ひく》くかがめて、陽菜《ひな》のほうを向《む》いた。

「陽菜《ひな》！」

グワアァッ！

ライオンが飛《と》びかかるのと、ぼくが陽菜《ひな》に飛《と》びつくのが、ほとんど同時《どうじ》だった。
首《くび》のうしろを、風《かぜ》をきるようにしてライオンの爪《つめ》がかすめていく。
地面《じめん》に倒《たお》れこみながらふり返《かえ》ると、飼育小屋《しいくごや》に突《つ》っこんだライオンの前足《まえあし》が金網《かなあみ》にひっかかってもがいていた。

「逃《に》げるぞ！」

ぼくは、腰《こし》がぬけたみたいに座《すわ》りこんでいる陽菜《ひな》の手《て》をひっぱって、強引《ごういん》に立《た》たせた。

「でも、ウサギたちが……」
陽菜《ひな》が小屋《こや》のなかのウサギたちを心配《しんぱい》する。

「だいじょうぶ。金網《かなあみ》にひっかかって、あれ以上《いじょう》はとどかないから。それより、早《はや》く！」

ぼくが走《はし》りだそうとしたとき、西校舎《にしこうしゃ》の入《い》り口《ぐち》から、蓮《れん》が顔《かお》をだした。

「兄《にい》ちゃーん、ここからはいれるよー」

ぼくに向《む》かって、のんきに手《て》をふっている。

それから、ライオンの姿《すがた》に気《き》づいて、目《め》をまんまるに見開《みひら》いた。

「え？　え？　なんで？」

「蓮《れん》、なかにはいってろ！」

ぼくはすばやく距離《きょり》を見《み》くらべた。

校門《こうもん》まで戻《もど》るよりも、校舎《こうしゃ》のほうが近《ちか》い。

なにより、蓮《れん》をひとりでおいていくわけにはいかない。

ぼくは陽菜《ひな》の手《て》をひいて、校舎《こうしゃ》に向《む》かって走《はし》りだした。

だけど、陽菜《ひな》の足《あし》に力《ちから》がはいらないみたいで、なかなか前《まえ》に進《すす》まない。

それでも、なんとかあと数《すう》メートルのところまできたとき、うしろから、ガシャガシャガシャッ、という音《おと》が聞《き》こえてきた。

走《はし》りながらうしろを見《み》ると、ライオンが金網《かなあみ》から前足《まえあし》をひきぬくところだった。

「兄《にい》ちゃん、早《はや》く！」

蓮《れん》が扉《とびら》に手《て》をかけて、手首《てくび》がはずれそうないきおいで手招《てまね》きしている。

ぼくは必死《ひっし》で走《はし》った。

怖《こわ》いのと、息《いき》が苦《くる》しいのとで、心臓《しんぞう》が口《くち》から飛《と》びだしそうだ。

そのとき、

（ヨケテ！）

ふたたび聞《き》こえてきた声《こえ》に、ぼくはとっさに陽菜《ひな》を思《おも》いきりひきよせると、前《まえ》に突《つ》き飛《と》ばした。

同時《どうじ》に、うしろから車《くるま》に追突《ついとつ》されたようなはげしい衝撃《しょうげき》を受《う》けて、ぼくは砂《すな》ぼこりをあげながら校庭《こうてい》にころがった。

一瞬《いっしゅん》意識《いしき》が遠《とお》くなって、つぎに気《き》がついたときには、ぼくはあおむけに倒《たお》れていた。

ライオンの顔《かお》が、息《いき》がかかるくらいの距離《きょり》まで近《ちか》づいている。

ライオンの前足《まえあし》がぼくの腕《うで》を押《お》さえこんでいて、それだけで骨《ほね》が折《お》れそうなくらいに痛《いた》かった。

大《おお》きくあけた真《ま》っ赤《か》な口《くち》から、するどい牙《きば》がのぞいている。

ぼくがふるえあがっていると、

「大地《だいち》！」

視界《しかい》のはじっこで、陽菜《ひな》がこっちに戻《もど》ってこようとするのが見《み》えた。


あぶない！　くるな！


そういいたいけど、のどがつまったみたいに声《こえ》がでない。

ライオンの口《くち》がゆっくりと迫《せま》ってきて、よだれがぼとぼとと落《お》ちる。その強烈《きょうれつ》なにおいに、ぼくが思《おも》わず目《め》を閉《と》じたとき、

グワァアッ！

ライオンが悲鳴《ひめい》のような声《こえ》をあげて、ぼくの体《からだ》が急《きゅう》に軽《かる》くなった。
体《からだ》を起《お》こすと、さっきの灰色《はいいろ》の子犬《こいぬ》が、ライオンの鼻《はな》にがっしりとかみついて、ぶらさがっている。

ガウゥッ！　ガウッ！

ライオンは苦《くる》しげな声《こえ》をあげながら、頭《あたま》を左右《さゆう》にふってはずそうとするけど、子犬《こいぬ》はなかなか離《はな》れようとしない。

（ニゲテ！）

またあの声《こえ》が、頭《あたま》に強《つよ》く響《ひび》いた。
「大地《だいち》、早《はや》く！」
陽菜《ひな》が扉《とびら》から身《み》を乗《の》りだして、手《て》をのばしている。

なんとか立《た》ちあがって走《はし》りだしたぼくは、陽菜《ひな》の手《て》をつかむと、ころがりこむようにして校舎《こうしゃ》に飛《と》びこんだ。

蓮《れん》がすばやく扉《とびら》を閉《し》める。

とたんに力《ちから》がぬけて、ひんやりとしたろうかに座《すわ》りこんだ。

「だいじょうぶ？」

陽菜《ひな》がさしだしたペットボトルを受《う》けとると、ぼくはスポーツドリンクを一気《いっき》に飲《の》んで、大《おお》きく息《いき》をはきだした。とたんに恐怖《きょうふ》がぶり返《かえ》して、体中《からだじゅう》に鳥肌《とりはだ》が立《た》った。

「ねえねえ」

そんなぼくの腕《うで》を、蓮《れん》がゆさぶった。

「さっきのって、本物《ほんもの》のライオン？」

「ああ、たぶんな」

ぼくがこたえると、蓮《れん》はなんだかそわそわしだした。

どうしたんだろう、と思《おも》っていると、蓮《れん》はぼくたちの顔色《かおいろ》を見《み》ながらいった。

「――ちょっとだけ、見《み》にいってもいい？」

「いいわけないだろ！」

「いいわけないでしょ！」

ぼくたちは同時《どうじ》に怒鳴《どな》った。

蓮《れん》が涙目《なみだめ》で首《くび》をすくめる。

「そんなに怒《おこ》らなくても……」

「だいたい、どうしてライオンが学校《がっこう》にいるんだよ」

ぼくは頭《あたま》をがしがしとかいた。

「動物園《どうぶつえん》から逃《に》げてきたんじゃないの？」

蓮《れん》の言葉《ことば》に、陽菜《ひな》が「まさか」と首《くび》をふった。

「そんな大事件《だいじけん》があったらパトカーとか走《はし》りまわって、もっと大《おお》さわぎになってるわよ」

「とにかく、なんとかしてここから逃《に》げないと……」

ぼくはろうかの窓《まど》に目《め》をやった。

なん年《ねん》か前《まえ》に、泥棒《どろぼう》が窓《まど》をわって夜《よる》の学校《がっこう》に侵入《しんにゅう》して、職員室《しょくいんしつ》のパソコンを盗《ぬす》んだという事件《じけん》があって以来《いらい》、校舎《こうしゃ》の窓《まど》にはすべて、外側《そとがわ》に頑丈《がんじょう》な金網《かなあみ》がとりつけられている。

おかげで、窓《まど》からはいってこられる心配《しんぱい》はなさそうだけど、ぼくたちも窓《まど》からでることはできない。

つまり、学校《がっこう》をでるには、扉《とびら》をぬけて、校門《こうもん》まで校庭《こうてい》を突《つ》っきるしかないのだ。

「走《はし》って逃《に》げちゃえば？」

蓮《れん》がのんきな口調《くちょう》でのんきなことをいう。

「ぼく、去年《きょねん》の運動会《うんどうかい》で２番《ばん》だったよ」

「なにいってるの」

陽菜《ひな》がすぐに首《くび》をふった。

「ライオンは、時速《じそく》50キロで走《はし》るんだから、あっというまに追《お》いつかれちゃうわよ」

「50キロって、どれくらい？」

「車《くるま》とおんなじくらい。１００メートルを7秒《びょう》ちょっとで走《はし》る計算《けいさん》になるから、オリンピックで軽《かる》く金《きん》メダルがとれるわね」

「えー、そんなのずるいよ」

なにがずるいのか、蓮《れん》がほおをふくらませたとき、

ドォーーーンッ！


「わあっ！」

校舎《こうしゃ》が大《おお》きくゆれて、蓮《れん》がぼくに抱《だ》きついてきた。

とっさに蓮《れん》をかばいながら、体勢《たいせい》を立《た》てなおす。

ライオンが体《たい》あたりをしたらしく、扉《とびら》がこちら側《がわ》に大《おお》きくへこんでいた。

「うそだろ」

ぼくは目《め》をうたがった。

この校舎《こうしゃ》はなん年《ねん》か前《まえ》に建《た》てなおしたばかりで、どれだけ大《おお》きな地震《じしん》がきてもこわれることはないと、校長先生《こうちょうせんせい》が朝礼《ちょうれい》で自慢《じまん》げに話《はな》していたのだ。

ぼくたちが、ライオンの恐《おそ》ろしいパワーにぼう然《ぜん》としていると、すぐに第《だい》2弾《だん》がやってきた。

ドォーーーンッ！

ろうかがびりびりと震動《しんどう》する。

このいきおいでなん回《かい》もぶつかってこられたら、いつかは扉《とびら》を破《やぶ》られるかもしれない。

だけど、どこかの教室《きょうしつ》に逃《に》げこんだとしても、校舎《こうしゃ》の扉《とびら》にくらべたら、教室《きょうしつ》のドアなんて厚紙《あつがみ》みたいなものだ。

校舎《こうしゃ》のなかに、はいられたらおしまいだ――ぼくがあせっていると、

「兄《にい》ちゃん……」

さっきまでライオンの姿《すがた》にはしゃいでいた蓮《れん》が、急《きゅう》に泣《な》きそうな顔《かお》をして、いった。

「ぼくたち、ライオンに食《た》べられちゃうの？」

蓮《れん》の体《からだ》が小刻《こきざ》みにふるえている。

「――だいじょうぶ」

ぼくは蓮《れん》の肩《かた》を両手《りょうて》でしっかりとつかむと、まっすぐに目《め》を見《み》ていった。

「兄《にい》ちゃんが、ぜったいうちに連《つ》れて帰《かえ》ってやるから、心配《しんぱい》するな」

蓮《れん》を守《まも》らなきゃ、という思《おも》いに、自分《じぶん》の恐怖《きょうふ》はいつのまにかおさまっていた。

蓮《れん》は、ちょっとびっくりした顔《かお》でかたまっていたけど、ぼくの言葉《ことば》に安心《あんしん》したのか、表情《ひょうじょう》をゆるめて「うん」とうなずいた。

ぼくは笑《わら》って、蓮《れん》の肩《かた》をたたいた。

「5時《じ》までに帰《かえ》らないと、母《かあ》さんに怒《おこ》られるしな」

うちでは、子供《こども》だけの外出《がいしゅつ》は、門限《もんげん》は5時《じ》ときめられているのだ。

ライオンは、2回《かい》の突進《とっしん》であきらめたのか、それ以上《いじょう》ぶつかってくることはなかった。

だけど、油断《ゆだん》はできない。

蓮《れん》はしばらくのあいだ、扉《とびら》のへこみを見《み》つめていたけど、やがてぼくのそでをひっぱると、消《き》えいるような声《こえ》でぼそりといった。

「兄《にい》ちゃん、おしっこ」

ぼくはろうかの反対側《はんたいがわ》にあるトイレを指《ゆび》さした。

「そこにあるだろ」

「ついてきてよ」

「ったく。しょうがないなあ」

まゆをハの字《じ》にする蓮《れん》を、ぼくはトイレの前《まえ》まで連《つ》れていった。

もとの場所《ばしょ》に戻《もど》って、窓《まど》の下《した》にどさっと腰《こし》をおろすと、陽菜《ひな》がとつぜんくすくすと笑《わら》いだした。

「……なんだよ」

「いや……いいお兄《にい》ちゃんしてるなあ、と思《おも》って」

陽菜《ひな》のからかうような笑顔《えがお》に、ぼくは一瞬《いっしゅん》言葉《ことば》につまったけど、

「じいちゃんの口《くち》ぐせだったんだよ」

そういって、肩《かた》をすくめた。

「おじいさんの？」

陽菜《ひな》が意外《いがい》そうに目《め》をまるくする。

「ああ」

あれはまだ、蓮《れん》が母《かあ》さんのおなかのなかにいたときのことだ。

当時《とうじ》、父《とう》さんの仕事《しごと》がいそがしく、母《かあ》さんも体調《たいちょう》が悪《わる》くてしばしば入院《にゅういん》していたので、まだ小学校《しょうがっこう》に入学《にゅうがく》する前《まえ》だったぼくは、母《かあ》さんの実家《じっか》で暮《く》らしていた。

なじみのない土地《とち》で、近所《きんじょ》に年《とし》の近《ちか》い友《とも》だちもいなかったので、ぼくは毎日《まいにち》のようにばあちゃんにせがんで、じいちゃんの仕事場《しごとば》に連《つ》れていってもらっていた。

そのころ、じいちゃんは地元《じもと》の動物園《どうぶつえん》で飼育員《しいくいん》として働《はたら》いていた。

動物《どうぶつ》の世話《せわ》を間近《まぢか》で見《み》られるのが楽《たの》しくて、毎日閉園《まいにちへいえん》まで残《のこ》っていたぼくに、じいちゃんが口《くち》ぐせのようにいっていた台詞《せりふ》が、

「大地《だいち》。おまえはもうすぐお兄《にい》ちゃんになるんだから、弟《おとうと》を守《まも》ってやれよ」

だったのだ。

「野生《やせい》の動物《どうぶつ》は、生《い》きるために、ときには家族同士《かぞくどうし》で殺《ころ》しあうこともあるんだって。だけど、おまえは人間《にんげん》なんだから、弟《おとうと》が生《う》まれたら守《まも》ってやらなきゃだめだぞって……」

「いいおじいさんだね」

陽菜《ひな》は目《め》をほそめて微笑《ほほえ》んだ。

「でも、知《し》らなかったな。大地《だいち》のおじいさんって、動物園《どうぶつえん》の飼育員《しいくいん》さんだったんだ」

「あれ？　いってなかったっけ？」

「うん。毎日《まいにち》のように通《かよ》ってたってすごいね。だから、さっきも気配《けはい》に気《き》づいたのかな」

「気配《けはい》？」

「ほら、ライオンに真《ま》っ先《さき》に気《き》づいて、助《たす》けてくれたじゃない」

「ああ、あれは……」

ぼくはいいかけて、口《くち》を閉《と》ざした。じいちゃんは、なかなか信《しん》じてもらえないだろうし、奇異《きい》な目《め》で見《み》られるから、滅多《めった》なことでは人《ひと》にしゃべるなといっていたのだ。

だけど、命《いのち》に関《かか》わるこの状況《じょうきょう》なら、陽菜《ひな》には打《う》ち明《あ》けておいたほうがいいだろう。

ぼくは慎重《しんちょう》に言葉《ことば》を選《えら》びながら、口《くち》を開《ひら》いた。

「実《じつ》は、ぼく、動物《どうぶつ》の言葉《ことば》が聞《き》きとれるんだ」

「――え？」

陽菜《ひな》は首《くび》をかしげた。

「それって、声《こえ》を聞《き》いたら、どのライオンの声《こえ》かわかるっていうこと？」

「そうじゃなくて、動物《どうぶつ》のいってることがわかるんだよ」

「まさか」

笑《わら》おうとした陽菜《ひな》は、ぼくの真剣《しんけん》な表情《ひょうじょう》に気《き》づいて、途中《とちゅう》で顔《かお》をこわばらせた。

「……ほんとに？」

ぼくは大《おお》きくうなずいた。そして、

「これは、みんなには秘密《ひみつ》にしておいてほしいんだけど……」

困惑《こんわく》した表情《ひょうじょう》でぼくを見《み》つめる陽菜《ひな》に向《む》かって、話《はな》しはじめた。

あれは、ぼくが5歳《さい》のときのことだった。

いつものように動物園《どうぶつえん》にやってきたぼくは、真《ま》っ先《さき》にライオンのエリアに向《む》かった。

ライオンの夫婦《ふうふ》と、生《う》まれてまもない赤《あか》ちゃんライオンのレオがいるそのエリアが、ぼくの一番《いちばん》のお気《き》にいりだったのだ。

だけど、その日《ひ》はいつもと少《すこ》し様子《ようす》がちがっていた。

いつもなら、ぼくの顔《かお》を見《み》ると親《した》しげな声《こえ》をあげる父《とう》さんライオンが、怒《おこ》ったようなうなり声《ごえ》をあげていたのだ。

母《かあ》さんライオンも、赤《あか》ちゃんライオンを守《まも》るような体勢《たいせい》で、こちらをにらんでいる。

どうしたんだろう、と思《おも》っていると、

「機嫌《きげん》が悪《わる》いだろ？　朝《あさ》からずっとなんだよ」

通《とお》りかかった、顔見知《かおみし》りの若《わか》い飼育員《しいくいん》さんが、苦笑《にがわら》いをうかべながら教《おし》えてくれた。

「天気《てんき》が悪《わる》いからかな」

そういって、飼育員《しいくいん》さんがいってしまうと、母《かあ》さんライオンがなにかを訴《うった》えかけるように、低《ひく》いうなり声《ごえ》をあげた。

ぼくは柵《さく》をつかんで、ライオンの声《こえ》を聞《き》きとろうとした。

柵《さく》のむこうには、深《ふか》さがなんメートルもある大《おお》きな溝《みぞ》があって、ライオンたちはそのむこうの草原《そうげん》のようなところで暮《く》らしている。

だから、柵《さく》のこちら側《がわ》にいるぼくとは、かなり距離《きょり》が離《はな》れてるんだけど、それでもじっと耳《みみ》をかたむけているうちに、ぼくは「大変《たいへん》だ！」と声《こえ》をあげた。

そして、柵《さく》を離《はな》れると、フラミンゴの世話《せわ》をしていたじいちゃんのもとに走《はし》った。

「じいちゃん！　レオを助《たす》けてあげて！」

「どうしたんだ、急《きゅう》に」

目《め》をまるくするじいちゃんに、ぼくは訴《うった》えた。

「ライオンのお母《かあ》さんが『レオを助《たす》けて』っていってるんだ」

「なにいってるんだ？　そんな報告《ほうこく》は……」

「でも、レオがケガをしてるんだよ。早《はや》く見《み》にいってあげて！」

ぼくがなん度《ど》も真剣《しんけん》に主張《しゅちょう》するので、じいちゃんは仕事《しごと》の手《て》を止《と》めて、レオのもとに向《む》かった。するとーー
「それで、どうだったの？」

陽菜《ひな》がハラハラした様子《ようす》で先《さき》をうながす。

「うん」と、ぼくはうなずいた。

「レオはやっぱり、ケガをしていたんだ」

ライオンのエリアには、大《おお》きな岩《いわ》があちこちにおいてあるんだけど、どうやらそのうちのひとつからころげ落《お》ちて、運悪《うんわる》くケガをしてしまったらしい。

獣医師《じゅういし》さんに治療《ちりょう》をたのむと、じいちゃんはぼくを呼《よ》んだ。

「どうしてわかったんだ？」

レオがケガをしたのは、ぼくが動物園《どうぶつえん》にくる前《まえ》のことで、しかもそのケガは、見《み》た目《め》からはわかりにくいものだったのだ。

ぼくは正直《しょうじき》に話《はな》した。

「お母《かあ》さんが『レオがケガをした。助《たす》けて』っていうのが聞《き》こえたんだ」

じいちゃんは、しばらくのあいだ、だまってぼくを見《み》ていたけど、やがてなんともいえない表情《ひょうじょう》で、

「もしかしたら、おまえは**『動物《どうぶつ》の耳《みみ》』**をもってるのかもしれねえなあ」

といった。

「なに、それ？」

じいちゃんによると、世《よ》のなかには動物《どうぶつ》の声《こえ》を聞《き》いて、その気《き》もちを読《よ》みとることので

きる**『動物《どうぶつ》の耳《みみ》』**をもった人《ひと》が、わずかながらいるらしい。

「それって、人間《にんげん》がしゃべってるみたいに聞《き》こえるの？」

不思議《ふしぎ》そうな陽菜《ひな》に、ぼくは説明《せつめい》した。

「ちょっとちがうかな……たとえば、長年《ながねん》ペットと暮《く》らしてる人《ひと》は、ペットがおなかをすかせているのか、それとも遊《あそ》んでほしいだけなのか、鳴《な》き声《ごえ》とか表情《ひょうじょう》でわかったりするだろ？　それの進化形《しんかけい》で、動物《どうぶつ》の声《こえ》の調子《ちょうし》や鳴《な》きかたの微妙《びみょう》なちがいで、なにをいってるのかがだいたいわかるんだよ」

じいちゃんも、長年《ながねん》の飼育員《しいくいん》としての経験《けいけん》で、ある程度《ていど》はわかるようになったけど、ぼくみたいにくわしい内容《ないよう》まで理解《りかい》することはできなかったらしい。

自分《じぶん》では覚《おぼ》えてないんだけど、じいちゃんの話《はなし》によると、ぼくは生《う》まれてからしばらくのあいだ、母《かあ》さんの実家《じっか》で暮《く》らしていて、そのときも母《かあ》さんに連《つ》れられて、しょっちゅう動物園《どうぶつえん》にきていたのだそうだ。

「生《う》まれたばかりの赤《あか》ん坊《ぼう》の耳《みみ》ってのは、繊細《せんさい》で、野生動物《やせいどうぶつ》に近《ちか》いからな。そのころから積《つ》みかさねた経験《けいけん》で、聞《き》きとれるようになったのかもな」

じいちゃんはそういって、ぼくの頭《あたま》に手《て》をおいた。

「それじゃあ、大地《だいち》は動物《どうぶつ》と会話《かいわ》ができるの？」

陽菜《ひな》の言葉《ことば》に、ぼくは苦笑《くしょう》して首《くび》をふった。

「聞《き》きとることはできても、ぼくが動物《どうぶつ》の言葉《ことば》を話《はな》せるわけじゃないんだ。そんなにこまかい内容《ないよう》をやりとりできるわけでもないしね。たとえば、『おいしい』とか『痛《いた》い』とか『怖《こわ》い』みたいな、感情《かんじょう》のこもった言葉《ことば》が、日本語《にほんご》に変換《へんかん》されて頭《あたま》にとどく感《かん》じかな」

ときには、動物《どうぶつ》が鳴《な》いてないのに、言葉《ことば》が脳《のう》にとどくことがあった。そんなときは、たぶん表情《ひょうじょう》とか仕草《しぐさ》から、動物《どうぶつ》がいいたいことを読《よ》みとっているんだろう、とじいちゃんはいっていた。

それ以来《いらい》、ぼくは積極的《せっきょくてき》に、動物《どうぶつ》の声《こえ》に耳《みみ》をかたむけるようになった。

その気《き》になって聞《き》いてみると、動物《どうぶつ》はいろいろなことを話《はな》していた。

食事《しょくじ》の感想《かんそう》や飼育員《しいくいん》の好《す》ききらいはもちろん、タイヤで遊《あそ》ぶチンパンジーの子供《こども》たちは、これを積《つ》みあげて柵《さく》を越《こ》えられないかと相談《そうだん》していたし、よその動物園《どうぶつえん》からうつされてきたオオカミは、ここはひろいし食事《しょくじ》もうまくて満足《まんぞく》だと仲間《なかま》たちといいあっていた。

だけど、全体的《ぜんたいてき》に、人間《にんげん》に心《こころ》をゆるす動物《どうぶつ》は少《すく》なくて、ぼくが言葉《ことば》を理解《りかい》することがわかると、急《きゅう》に口《くち》をつぐむことも多《おお》かった。

そんなか、ぼくの一番《いちばん》の仲《なか》よしはレオだった。

ぼくはライオンの言葉《ことば》を話《はな》すことはできなかったけど、長《なが》い時間《じかん》、一緒《いっしょ》にすごしているうちに、レオはぼくの気《き》もちをある程度理解《ていどりかい》してくれるようになった。

あるとき、トラだったかヤギだったか忘《わす》れたけど、だれかがぼくに動物園《どうぶつえん》への不満《ふまん》をぶつけてきたことがあった。

「――わけがわからないまま、相手《あいて》が人間《にんげん》をきらってることだけはわかって、落《お》ちこんでいると、レオが『大地《だいち》は悪《わる》くない』『おれは大地《だいち》が好《す》き』って、ずっとなぐさめてくれたんだ」

「そうなんだ」

陽菜《ひな》はおどろきながらも、真剣《しんけん》にぼくの話《はなし》を聞《き》いてくれていたけど、ふと思《おも》いついたように、

「大地《だいち》はそれからずっと、動物《どうぶつ》の言葉《ことば》を聞《き》いてきたの？」

と聞《き》いた。

「いや……」

ぼくは目《め》をふせて、小《ちい》さく首《くび》をふった。

「それが、急《きゅう》に聞《き》きとれなくなったんだ……じいちゃんが亡《な》くなってから」

きっかけは、ぼくが1年生《ねんせい》のとき、じいちゃんが仕事中《しごとちゅう》に、とつぜんの心臓発作《しんぞうほっさ》で亡《な》くなったことだった。

いつものように、ライオンの柵《さく》の前《まえ》でレオの声《こえ》を聞《き》いていると、顔見知《かおみし》りの飼育員《しいくいん》さんが、じいちゃんが倒《たお》れたと知《し》らせてくれたのだ。

本当《ほんとう》に、あっというまの出来事《できごと》だった。

たぶん、動物《どうぶつ》の出産《しゅっさん》や病気《びょうき》がかさなって、いそがしい日々《ひび》がつづいていたので、体《からだ》に負《ふ》担《たん》がかかっていたのだろうということだった。

大好《だいす》きなじいちゃんが死《し》んでしまったショックと、その死因《しいん》に動物《どうぶつ》の世話《せわ》が関係《かんけい》していたことがかさなって、ぼくは動物園《どうぶつえん》にいけなくなってしまった。

そして、そのままこの町《まち》に引《ひ》っ越《こ》してきたのだ。

引《ひ》っ越《こ》しが落《お》ちついて、しばらく経《た》ったある日《ひ》のこと、ぼくたち家族《かぞく》は、まだ赤《あか》ちゃんだった蓮《れん》を連《つ》れて、じいちゃんが働《はたら》いていたのとはべつの動物園《どうぶつえん》にでかけた。

だけど、いくら耳《みみ》をすましてみても、動物《どうぶつ》は意味《いみ》のわからない言葉《ことば》で、ただ鳴《な》いているだけだった。

「だから、もう5年《ねん》くらい、動物《どうぶつ》の言葉《ことば》はまったく聞《き》こえてなかったんだ」

だけど、さっきぼくに危険《きけん》を知《し》らせてくれたのは、まちがいなくあの子犬《こいぬ》の声《こえ》だった。

ぼくの耳《みみ》に、いったいなにが起《お》きているんだろう……。

ぼくが難《むずか》しい顔《かお》で考《かんが》えこんでいると、

「ねえ、大地《だいち》」

陽菜《ひな》がぼくの名前《なまえ》を呼《よ》んで口《くち》を開《ひら》いた。

「大地《だいち》の話《はなし》を聞《き》いて、正直《しょうじき》、まだちょっとびっくりしてるけど……わたし、大地《だいち》を信《しん》じるよ。だって、さっきは大地《だいち》の**『動物《どうぶつ》の耳《みみ》』**のおかげで、助《たす》けてもらったんだから」

そして、まだとまどったままのぼくに、にっこり笑《わら》ってつづけた。

「もしかしたら、大地《だいち》と蓮《れん》くんを危険《きけん》から守《まも》るために、**『動物《どうぶつ》の耳《みみ》』**が復活《ふっかつ》したのかも」

「そうかな……」

陽菜《ひな》の言葉《ことば》を聞《き》いて、ぼくは前向《まえむ》きに考《かんが》えることにした。

どうしてまた聞《き》こえるようになったのかはわからないけど、たしかにいまのこの状況《じょうきょう》では、ないよりもあったほうがいい。

もっとも、さっきもライオンがなにをいってるのかわからなかったわけだし、自分《じぶん》でコントロールできてるわけじゃないので、どれくらい役《やく》に立《た》つのかはわからないけど……。

「ところで、蓮《れん》くん、おそくない？」

陽菜《ひな》がささやくような声《こえ》でいった。

「ほんとだ」

ぼくが心配《しんぱい》になって腰《こし》をあげようとしたとき、

ガラガラガラッ！

なにかがくずれるような音《おと》とともに、「ひゃあっ！」という蓮《れん》の悲鳴《ひめい》が聞《き》こえてきた。

「蓮《れん》！」

ぼくたちがあわててかけつけると、蓮《れん》がトイレからモップとバケツをひきずりながらあらわれた。

「ねえ、これって武器《ぶき》にならないかな？」

どうやら、ライオンに対抗《たいこう》できるものをさがしていたようだ。

「一瞬気《いっしゅんき》をそらすぐらいなら使《つか》えるかもしれないけど……」

陽菜《ひな》が腕《うで》を組《く》んで、申《もう》しわけなさそうにいった。

「なにしろ、ライオンのかむ力《ちから》は300キロ以上《いじょう》あるっていわれてるからね」

「300キロって、どれくらいなんだ？」

かむ力《ちから》をキロで表現《ひょうげん》されても、正直《しょうじき》、ピンとこない。

「わたしもよくわからないけど……動物《どうぶつ》の骨《ほね》ぐらいなら、簡単《かんたん》にかみくだけるらしいよ」

それを聞《き》いて、ぼくがブルッと身《み》ぶるいしていると、

「あ、そうだ！」

蓮《れん》がとつぜん大《おお》きな声《こえ》をあげた。

「兄《にい》ちゃん、ケータイは？」

「あっ」

ぼくはズボンのポケットから電話《でんわ》をとりだして——がっくりと肩《かた》を落《お》とした。

さっき、ライオンにおそわれたときに、体《からだ》の下敷《したじ》きになったせいか、画面《がめん》がわれて電源《でんげん》がはいらなくなっていたのだ。

「あーあ。ママに怒《おこ》られるよ」

それを見《み》て、ひやかす蓮《れん》に、ぼくはいい返《かえ》した。

「うるさいな。そういえば、陽菜《ひな》ももってたんじゃないのか？」

「それが、さっきバイブを止《と》めようとして、飼育小屋《しいくごや》の前《まえ》で落《お》としてきちゃったの」

ぼくたちが顔《かお》を見《み》あわせて、ため息《いき》をついたとき、

ガウウゥ……ガウワウゥゥ……

校舎《こうしゃ》の裏側《うらがわ》——窓《まど》のすぐ外《そと》から、うなり声《ごえ》が聞《き》こえてきて、ぼくたちは窓《まど》の下《した》に身《み》を隠《かく》

した。

「ねえ」

陽菜《ひな》がぼくの耳《みみ》もとでささやく。

「**『動物《どうぶつ》の耳《みみ》』**で、あのライオンがなにをいってるのか、わからない？」

ぼくは目《め》を閉《と》じて、ライオンの声《こえ》に集中《しゅうちゅう》した。

だけど、そのうなり声《ごえ》からは、なんの言葉《ことば》も感情《かんじょう》も読《よ》みとれなかった。

『動物《どうぶつ》の耳《みみ》』をもっていても、自由《じゆう》に使《つか》えなかったら意味《いみ》がない。

それとも、さっきのはやっぱり気《き》のせいだったのだろうか……。

ライオンが遠《とお》ざかって、うなり声《ごえ》がだんだん小《ちい》さくなっていく。

金網《かなあみ》があるとはいえ、本気《ほんき》でぶつかってきたら、窓《まど》ごと破《やぶ》られるかもしれないな、と思《おも》っていると、

ドォーーーンッ！

扉《とびら》のほうから、ふたたびはげしい衝撃《しょうげき》がおそってきた。

扉《とびら》のへこみが、さらに大《おお》きくなる。

ぼくは急《いそ》いで頭《あたま》のなかに、校内《こうない》の見取《みと》り図《ず》を描《えが》いた。

ぼくたちがいまいるところは、西校舎《にしこうしゃ》の1階《かい》だ。

緑ヶ原小《みどりがはらしょう》には、4階建《かいだ》ての校舎《こうしゃ》が2棟《とう》あって、西校舎《にしこうしゃ》と北校舎《きたこうしゃ》が直角《ちょっかく》につながっている。

元々《もともと》は北校舎《きたこうしゃ》だけだったんだけど、教室《きょうしつ》がたりなくなって、あとから西校舎《にしこうしゃ》を建《た》てましたらしい。

だからなのか、ちょっと変《か》わった構造《こうぞう》になっていて、2階《かい》からうえはろうかがつながっているけど、1階《かい》だけはいったん外《そと》にでないと、となりの校舎《こうしゃ》にははいれない仕組《しく》みになっていた。

そして、北校舎《きたこうしゃ》の東《ひがし》の扉《とびら》の近《ちか》くには、裏門《うらもん》があった。

門《もん》の鍵《かぎ》があいてるかどうかはわからないけど、あの門《もん》なら、いざとなったら乗《の》り越《こ》えることもできそうだ。

「つぎにあいつが突進《とっしん》してきたら、反対側《はんたいがわ》の北《きた》の扉《とびら》から外《そと》にでて、裏門《うらもん》まで一気《いっき》に走《はし》るぞ」

ぼくはふたりの顔《かお》を見《み》ていった。

陽菜《ひな》は表情《ひょうじょう》をひきしめて「わかった」とうなずいた。

蓮《れん》が不安《ふあん》そうにぼくの顔《かお》を見《み》あげるので、ぼくは「だいじょうぶ」といって肩《かた》をたたくと、北《きた》の扉《とびら》の前《まえ》でスタンバイした。

ドーーーンッ

南《みなみ》の扉《とびら》がゆれる。

「いまだ！」

ぼくは北《きた》の扉《とびら》をあけて――その場《ば》に凍《こお》りついた。

走《はし》りだそうとした陽菜《ひな》と蓮《れん》が、ぼくの背中《せなか》にいきおいよくぶつかる。

「なにしてるのよ。早《はや》く……」

陽菜《ひな》が鼻《はな》を押《お》さえながら、ぼくの肩越《かたご》しに前《まえ》をのぞいて、ハッと息《いき》をのんだ。

目《め》の前《まえ》を、たてがみのない2頭《とう》のライオンが通《とお》りすぎていく。

大《おお》きいほうが母親《ははおや》で、小《ちい》さいほうが子供《こども》だろう。

ライオンは、1頭《とう》だけではなかったのだ。

「声《こえ》をだすなよ」

ぼくは肩越《かたご》しにふり返《かえ》って、陽菜《ひな》にささやいた。陽菜《ひな》が無言《むごん》でうなずく。

さいわい、むこうはぼくたちに気《き》づいてないみたいだ。

そっと扉《とびら》を閉《し》めようとしたとき、ぼくの腕《うで》の下《した》から、蓮《れん》がひょいと顔《かお》をだした。そして、ライオンを見《み》つけると、無邪気《むじゃき》に指《ゆび》をさして、いった。

「あ、ライオンだ」

ライオンの親子《おやこ》が、同時《どうじ》にこちらを向《む》く。

「バカ！」

ぼくは急《いそ》いで扉《とびら》を閉《し》めようとした。

だけど、それよりも早《はや》く、近《ちか》くにいたメスライオンが、パッと飛《と》びついて、前足《まえあし》を扉《とびら》のすきまにさしこんだ。

ガウウゥゥッ！　ガウワウゥワゥッ！


足《あし》をはさまれたライオンが、もがくようにあばれる。

ぼくははじき飛《と》ばされそうになりながら、必死《ひっし》でノブをひっぱった。

扉《とびら》のすきまから、さらにべつのライオンが近《ちか》づいてくるのが見《み》える。

「いったいなん頭《とう》いるんだよ！」

わめきながら、ノブにしがみついていると、

「大地《だいち》、どいて！」

うしろから陽菜《ひな》の声《こえ》が聞《き》こえて、ぼくはノブをつかんだまま、上半身《じょうはんしん》を大《おお》きくそらした。


バッシャアアアン！

陽菜《ひな》がバケツにくんできた水《みず》をライオンの顔《かお》にぶちまける。

グワアウゥウ！

ライオンが頭《あたま》をふりまわす。

ぼくはとっさに、ライオンの足《あし》を思《おも》いきりふんづけた。

ギャッ！

不意《ふい》をつかれたライオンが、悲鳴《ひめい》をあげて、前足《まえあし》を一瞬《いっしゅん》ひっこめる。

そのすきに、ぼくはすばやく扉《とびら》を閉《し》めて、背中《せなか》でもたれかかった。

「すごいね。ライオンの足《あし》をふんじゃうなんて」

陽菜《ひな》が本気《ほんき》でおどろいている。

「まあな……大事《だいじ》な……のは……気合《きあ》い……だよ」

ぼくが息《いき》をきらしながら、ニヤリと笑《わら》おうとしたとき、

ドーーン

ライオンがはげしく体《たい》あたりしてきて、ぼくは大《おお》きくはじき飛《と》ばされた。

2 閉《と》じこめられた6人《にん》

「いててて……」

ぼくがろうかにうずくまって、腰《こし》を押《お》さえていると、

「兄《にい》ちゃん、ここあいてるよ」

蓮《れん》が近《ちか》くの部屋《へや》のドアをあけて、ぼくを手招《てまね》きした。

「ここなら電話《でんわ》があるんじゃない？」

陽菜《ひな》がドアのうえのプレートを指《ゆび》さす。

〈職員室《しょくいんしつ》〉

ぼくたちは部屋《へや》にはいると、一応《いちおう》ドアを閉《し》めた。

あの扉《とびら》をへこませるくらいだから、こんなドア、意味《いみ》ないだろうけど、一応居場所《いちおういばしょ》はごまかせる。

カーテンが全部閉《ぜんぶし》められているせいか、部屋《へや》のなかは夕方《ゆうがた》みたいに薄暗《うすぐら》かった。

もちろん、先生《せんせい》の姿《すがた》はない。

窓《まど》に近《ちか》づいて、カーテンをほそくあけたぼくは、校庭《こうてい》の様子《ようす》を見《み》てがく然《ぜん》とした。

数頭《すうとう》のメスライオンが、さらになん頭《とう》かの子《こ》ライオンをひき連《つ》れて、ゆうゆうと歩《ある》いていたのだ。

「プライドね」

その姿《すがた》を見《み》て、陽菜《ひな》がいった。

「プライド?」

ぼくは聞《き》き返《かえ》した。

「なんだよ、それ」

「ライオンが狩《か》りをするときのチームのことよ」

陽菜《ひな》がいきいきとした口調《くちょう》で話《はな》しだした。

「ライオンは、たてがみのあるオスが狩《か》りをするイメージが強《つよ》いけど、実際《じっさい》には、メスのライオンを中心《ちゅうしん》としたプライドっていうチームで狩《か》りをすることが多《おお》いの」

そういえば、動物園《どうぶつえん》でそんな話《はなし》を聞《き》いたことがあるような気《き》がする。

「そうなの？」

ぼくの横《よこ》で窓《まど》にはりついていた蓮《れん》が、話《はなし》にはいってきた。

「うん。1対《たい》1だったらオスのライオンのほうが強《つよ》いんでしょうけど、このプライドっていうチームはすごくチームワークがよくて、狩《か》りの成功率《せいこうりつ》も高《たか》いのよ」

「へーえ」

蓮《れん》があこがれるような目《め》で、校庭《こうてい》のライオンたちを見《み》つめた。

（おいおい、狩《か》りの成功率《せいこうりつ》が高《たか》いってことは、ぼくたちがあぶないんだぞ）

心《こころ》のなかで突《つ》っこみながら、窓《まど》の外《そと》をながめていたぼくは、ライオンよりもひとまわり小《ちい》さな動物《どうぶつ》たちが、まるで警備員《けいびいん》みたいに、校庭《こうてい》の外周《がいしゅう》をうろうろしていることに気《き》がついた。

「あれはブチハイエナね」

ぼくの視線《しせん》に気《き》づいて、陽菜《ひな》がさらに解説《かいせつ》をくわえる。

「体《からだ》は小《ちい》さいけど、すごく足《あし》が速《はや》いし、チームワークがいいから、ライオンでも単独《たんどく》だと争《あらそ》わないっていわれてるわ」

「へーえ」

ぼくは感心《かんしん》した。動物園《どうぶつえん》には数《かぞ》えきれないくらいいったことがあるけど、まだ小《ちい》さかったし、そういう知識《ちしき》はまるでなかった。

「キリンさんとかゾウさんはいないのかな」

蓮《れん》はさっきまで泣《な》きそうだったことも忘《わす》れて、興奮《こうふん》した様子《ようす》で目《め》をかがやかせた。

たしかに、ライオンとハイエナがそろって校庭《こうてい》をうろついている姿《すがた》は、まるでサファリパークのようだった。

ちがうのは、金網《かなあみ》のなかにはいってるのがぼくたちのほうで、しかも自由《じゆう》には帰《かえ》れない、ということなんだけど……。

「そんなことより、早《はや》く電話《でんわ》して助《たす》けを呼《よ》ぼう」

こういうときはなん番《ばん》にかけたらいいのかな、と思《おも》いながら、近《ちか》くの電話《でんわ》に手《て》をのばしたぼくは、受話器《じゅわき》を耳《みみ》にあてて、「あれ?」とつぶやいた。

「どうしたの?」

陽菜《ひな》がぼくの顔《かお》を見《み》る。

「いや……音《おと》がしないんだ」

「音《おと》?」

「うん。ほら、電話《でんわ》をかける前《まえ》って、プーッて音《おと》がするだろ? あれがないんだよ」

一応《いちおう》110番《ばん》にかけてみたけど、電話《でんわ》はなんの反応《はんのう》も見《み》せなかった。

「だめだ」

受話器《じゅわき》をほうりだして、となりの電話《でんわ》に手《て》をのばしたとき、足《あし》もとを野球《やきゅう》ボールくらいの小《ちい》さな影《かげ》がすばやく通《とお》りぬけた。

「うわっ!」

びっくりしてあとずさると、そいつは足《あし》もとの段《だん》ボール箱《ばこ》や椅子《いす》を器用《きよう》にわたって、机《つくえ》のうえにぴょんと飛《と》び乗《の》った。

「リス？」

陽菜《ひな》が声《こえ》をあげる。

それは、ふさふさとした毛《け》の茶色《ちゃいろ》のリスだった。

「かわいいっ！」

蓮《れん》が歓声《かんせい》をあげて捕《つか》まえようとしたけど、リスは蓮《れん》の手《て》をすりぬけて、机《つくえ》の下《した》にもぐってしまった。

カリカリカリと音《おと》がするのでのぞいてみると、なにかのケーブルをそのするどい前歯《まえば》でかみきっている。

「こいつ！」

ぼくが軽《かる》くけとばそうとすると、リスはすばやく避《よ》けて、部屋《へや》のすみへと逃《に》げていった。

「兄《にい》ちゃん、だめだよ。リスさんをけったりしたら」

蓮《れん》がリスみたいにほおをふくらませる。

「だけど、こいつらのせいで電話《でんわ》ができなくなったんだぞ」

「でも、まさか全部《ぜんぶ》かじっちゃったわけじゃないでしょ」

ぼくたちは手《て》わけして、職員室《しょくいんしつ》のすべての電話《でんわ》を調《しら》べた。だけど、使《つか》える電話《でんわ》はひとつもなかった。

「どういうことだよ！」

最後《さいご》の1台《だい》もつながっていないことをたしかめると、ぼくは力《ちから》まかせに受話器《じゅわき》をたたきつけた。

「これって偶然《ぐうぜん》じゃないわよね」

陽菜《ひな》が表情《ひょうじょう》をくもらせる。

「ああ。こいつら、わざと電話線《でんわせん》をかじってるんだ」

ぼくは先《さき》がかじられてぎざぎざになった白《しろ》いコードを手《て》にとった。

紙《かみ》とか鉛筆《えんぴつ》とか、もっとかじりやすそうなものがいくらでもあるのに、リスたちがかじっているのは電話線《でんわせん》だけなのだ。

「なんだか、だれかに命令《めいれい》されてるみたい」

陽菜《ひな》が気味悪《きみわる》そうに、部屋《へや》のすみの暗《くら》がりに目《め》を向《む》けた。

いつのまにか、部屋《へや》のあちこちからあらわれたリスたちが、ひとかたまりになって、ぼくたちを警戒《けいかい》するような目《め》で見《み》あげていた。

ぼくが身《み》がまえたとき、1匹《ぴき》のリスが「キィキィ」と甲高《かんだか》い声《こえ》をあげた。


(タスケテ)


「え?」

ぼくは声《こえ》にだして聞《き》き返《かえ》した。

「どうしたの?」

陽菜《ひな》がぼくの顔《かお》をのぞきこむ。

「いや……いま、こいつがぼくに『助《たす》けて』って……」

ぼくがとまどいながらそういったとき、プツ、と放送《ほうそう》のスイッチがはいる音《おと》がして、
スピーカーから機械音《きかいおん》が流《なが》れてきた。


ピーピピピピピピピピーピーピピ……

不規則《ふきそく》なリズムをきざむその音《おと》を聞《き》いて、リスたちがざわざわとさわぎだす。

やばい！

なんだかわからないけど、本能的《ほんのうてき》に危険《きけん》を感《かん》じたぼくが、ふたりをかばうようにしてあとずさった瞬間《しゅんかん》、リスたちがいっせいに声《こえ》をあげて飛《と》びかかってきた。

（オソエオソエ
ニンゲンヲオソエ
オソエオソエ
アイツラヲオソエ……）

リスたちの悪意《あくい》に満《み》ちた大合唱《だいがっしょう》に、

「やめろーっ！」

ぼくはさけびながら、手近《てぢか》にあったファイルやノートをふりまわした。

「痛《いた》いっ！」

蓮《れん》が悲鳴《ひめい》をあげて、腕《うで》を押《お》さえる。

ふり返《かえ》ると、蓮《れん》の体《からだ》にリスたちがむらがっていて、腕《うで》を押《お》さえる指《ゆび》のあいだから、血《ち》が流《なが》れているのが見《み》えた。

「兄《にい》ちゃん、痛《いた》いよぉ」

「蓮《れん》！」

蓮《れん》にむらがるリスたちを、陽《ひ》菜《な》と一緒《いっしょ》に払《はら》いのける。

「いててて っ……」

そのうちの1匹《ぴき》が、ぼくの耳《みみ》にかじりついた。

ぼくはそいつを捕《つか》まえると、床《ゆか》にたたきつけようとして……直前《ちょくぜん》で思《おも》いなおして、机《つくえ》のうえにそっと放《はな》した。

さっきの（タスケテ）という声《こえ》が、耳《みみ》の奥《おく》に残《のこ》っていたのだ。

リスたちを傷《きず》つけないようにしながら、なんとかふり払《はら》おうとしていると、

「ふたりとも、さがって」

陽《ひ》菜《な》がバッグからペットボトルくらいのピンクの筒《つつ》をとりだして、1歩《ぽ》前《まえ》にでた。

「陽菜《ひな》、あぶないぞ」

「だいじょうぶ」

リスたちが、陽菜《ひな》を扇形《おうぎがた》にかこむようにして、いっせいにおそいかかる。

そのリスたちに向《む》けて、陽菜《ひな》は赤《あか》い霧《きり》を噴射《ふんしゃ》した。

リスたちが、キィキィと悲鳴《ひめい》をあげながら逃《に》げまどう。

「いまのうちに逃《に》げよう」

陽菜《ひな》の言葉《ことば》に、ぼくは蓮《れん》を抱《だ》きかかえてドアに走《はし》った。

陽菜《ひな》がスプレーをまきながらあとにつづく。

ろうかにころがりでると、陽菜《ひな》がすばやくドアを閉《し》めた。

「いまのは、なに？」

ぼくが息《いき》をきらしながら問《と》いかけると、

「痴漢撃退用《ちかんげきたいよう》スプレー」

陽菜《ひな》は肩《かた》をすくめて、苦笑《にがわら》いをうかべながらいった。

「わたしはいらないっていったんだけどね。父《とう》さんが、心配《しんぱい》だからどうしてももって歩《ある》

けってうるさいの。あっ、成分《せいぶん》は唐辛子《とうがらし》とかだから、少《すこ》しぐらいすいこんだりしてもだいじょうぶよ」

蓮《れん》のケガは、さいわい、それほど深《ふか》い傷《きず》ではなさそうだった。

蓮《れん》の腕《うで》をハンカチで縛《しば》り終《お》えた陽菜《ひな》が、ぼくのほうを見《み》て目《め》をまるくした。

「大変《たいへん》。大地《だいち》も傷《きず》だらけじゃない」

「え？　……あれ、ほんとだ」

陽菜《ひな》にいわれて、ぼくははじめて、自分《じぶん》の体《からだ》のあちこちにひっかき傷《きず》ができていることに気《き》づいた。

「だいじょうぶ。こんなの、つばつけときゃなおるよ」

ぼくは腕《うで》の傷《きず》をペロッとなめた。

「ちょっと、やめてよ。きたないなあ」

陽菜《ひな》が顔《かお》をしかめたとき、

ドォーーーン！

南《みなみ》の扉《とびら》が、また大《おお》きな音《おと》を立《た》てた。

「2階《かい》に逃《に》げよう」

ぼくは座《すわ》りこんでいる蓮《れん》の腕《うで》をつかんだ。

ここにいる限《かぎ》り、いつかは扉《とびら》を破《やぶ》ってライオンがはいってくる。

2階《かい》にあがれば、ろうかをわたってとなりの校舎《こうしゃ》に逃《に》げこむことも可能《かのう》だ。

ぼくたちは北側《きたがわ》の階段《かいだん》をかけあがった。

あがってすぐのところに、わたりろうかがある。そこから北校舎《きたこうしゃ》にわたって、一気《いっき》に裏門《うらもん》に——と思《おも》っていたぼくは、階段《かいだん》をのぼりきって角《かど》をまがったところで急《きゅう》ブレーキをかけた。

「ブチハイエナだ！」

ぼくの声《こえ》に、陽菜《ひな》がスプレーをかまえて、1歩前《ぽまえ》にでた。


ガウッ！

ハイエナがうしろ足《あし》でろうかをけって、飛《と》びかかってくる。

陽菜《ひな》はその顔面《がんめん》に向《む》けて、唐辛子入《とうがらしい》りスプレーを思《おも》いきり噴射《ふんしゃ》した。

プシュ――――ッ！

グワアァッ！

ハイエナは、空中《くうちゅう》で身《み》をよじると、悲鳴《ひめい》をあげながらその場《ば》にころがった。

そして、すぐに起《お》きあがると、閉《と》じた目《め》から涙《なみだ》を流《なが》しながら、くんくんと鼻《はな》をならしてあたりをかぎまわった。

どうやら、利《き》かなくなった目《め》の代《か》わりに、においでぼくたちを見《み》つけようとしているみたいだけど、鼻《はな》もスプレーでやられているらしく、ぜんぜんちがう方向《ほうこう》をさがしている。

それを見《み》て、ぼくはいった。

「ぼくがあいつをひきつけるから、そのすきに蓮《れん》を連《つ》れて逃《に》げろ」

「大地《だいち》はどうするの」

「だいじょうぶ。さっきから、あいつはずっと（ドコダドコダ）っていってるから、スプレーで目《め》と鼻《はな》が利《き》かなくなってるんだと思《おも》う。なんとか逃《に》げてみせるよ」

ぼくはとっさに適当《てきとう》なことをいった。

実際《じっさい》には、ぼくの耳《みみ》にはハイエナのうなり声《ごえ》が、

（ニンゲンヲオソエ）

という言葉《ことば》になって聞《き》こえていたのだ。

「でも……」

陽菜《ひな》の開《ひら》きかけた口《くち》を、ぼくは手《て》で押《お》さえた。

ハイエナがこちらを向《む》いて、気配《けはい》をうかがっている。

陽菜《ひな》がスプレーをかまえるけど、目《め》を閉《と》じて飛《と》びかかってこられたら、あまり効果《こうか》は期《き》待《たい》できない。

ぼくはなるべく音《おと》を立《た》てないように、そっとあとずさった。

こうなったら、最初《さいしょ》の攻撃《こうげき》を避《よ》けて、そのまま北校舎《きたこうしゃ》のはじまでかけぬけるしかない。

ハイエナの動《うご》きに神経《しんけい》を集中《しゅうちゅう》していると、ハイエナのうしろ足《あし》が、跳躍《ちょうやく》にそなえてゆっくりとまがった。

(くる!)

ぼくが身《み》がまえた瞬間《しゅんかん》、

ガラガラガラッ!

とつぜん、すぐそばにある2年《ねん》2組《くみ》の教室《きょうしつ》のドアがあいた。

「うわっ!」

だれかに腕《うで》や体《からだ》をひっぱられて、目《め》の前《まえ》でドアがピシャッと閉《し》まる。

気《き》がつくと、ぼくは暗《くら》い教室《きょうしつ》の床《ゆか》にころがっていた。

「しっ！」

すぐ目《め》の前《まえ》に、同《おな》じクラスの青木翔太《あおきしょうた》の顔《かお》があらわれて、人《ひと》さし指《ゆび》を口《くち》にあてる。

ふり返《かえ》ると、陽菜《ひな》と蓮《れん》のそばでは、やっぱり同《おな》じクラスの黄島光《きじまひかる》と赤井《あかい》さくらが、口《くち》に指《ゆび》をあてて息《いき》を殺《ころ》していた。

ハイエナは、しばらくのあいだ、教室《きょうしつ》の前《まえ》をいったりきたりしていたみたいだけど、やがてあきらめたのか、遠《とお》ざかっていった。

翔太《しょうた》がドアに耳《みみ》をあてて、ぼくたちにうなずきかける。

「ふ――――っ」

ぼくは体中《からだじゅう》の息《いき》を思《おも》いきりはきだすと、翔太《しょうた》にいった。

「ありがとう。助《たす》かったよ」

「まにあってよかった」

翔太《しょうた》は笑顔《えがお》を見《み》せた。

「あのハイエナ、教室《きょうしつ》にはいってこないかな？」

さくらが不安《ふあん》そうにつぶやく。

「だいじょうぶ」

光《ひかる》がふちなしの眼鏡《めがね》を押《お》しあげて、安心《あんしん》させるようにいった。

「スプレーで目《め》と鼻《はな》が利《き》かなくなってるはずだから、教室《きょうしつ》のなかにいる限《かぎ》り、気《き》づかれることはない」

その言葉《ことば》に、ぼくと陽菜《ひな》が顔《かお》を見《み》あわせて、ホッとひと息《いき》ついていると、

「あら？　ケガしてるじゃない」

さくらが蓮《れん》の腕《うで》を見《み》て声《こえ》をあげた。

「ああ、だいじょうぶ。そんなに深《ふか》い傷《きず》じゃないから」

ぼくがこたえたけど、さくらは、

「ちょっと待《ま》っててね」

というと、大《おお》きなリボンのついたポシェットから、ウエットティッシュとばんそうこうをとりだした。

青木《あおき》翔太《しょうた》。

黄島《きじま》光《ひかる》。

赤井《あかい》さくら。

この3人《にん》は、幼稚園《ようちえん》からの幼《おさな》なじみで、うちの学年《がくねん》の名物《めいぶつ》トリオだった。

運動神経《うんどうしんけい》バツグンで、行動力《こうどうりょく》がありあまっている翔太《しょうた》と、頭《あたま》がよくて慎重派《しんちょうは》の光《ひかる》、そしてひっこみじあんでおとなしいさくら。

名字《みょうじ》と性格《せいかく》が妙《みょう》にマッチしているこの3人《にん》は、6年《ねん》2組《くみ》の**信号《しんごう》トリオ**と呼《よ》ばれていた。

「そういえば、3人《にん》って〈いきものがかり〉だったよな？　もしかして、夏休《なつやす》みもえさやり当番《とうばん》か？」

ぼくがふと思《おも》いついて聞《き》くと、3人《にん》は顔《かお》を見《み》あわせた。

口《くち》を開《ひら》いたのは翔太《しょうた》だった。

「当番《とうばん》ってわけじゃないけどさ……さくらが、どうしてもウサギたちが気《き》になるっていうから……」

「だって、心配《しんぱい》だったんだもん」

さくらは小《ちい》さく首《くび》をすくめた。

夏休《なつやす》みのあいだも、ウサギのえさやりは4年生以上《ねんせいいじょう》の飼育委員《しいくいいん》が交代《こうたい》でやることになっていたんだけど、工事《こうじ》で立入禁止《たちいりきんし》の期間《きかん》だけは、先生《せんせい》が交代《こうたい》でやってくれることになっていたらしい。

「だったら、まかせておけばいいのに」

ぼくがいうと、さくらは小《ちい》さく首《くび》をふった。

「だって、ちゃんとあげてくれるかどうか、不安《ふあん》じゃない」

さくらによると、なん年《ねん》か前《まえ》にも、お盆《ぼん》の当番《とうばん》の先生《せんせい》がすっかり忘《わす》れていて、ウサギが死《し》にかけたことがあったのだそうだ。

「だから、心配《しんぱい》になって見《み》にいくっていったら……」

あとのふたりも、とうぜんつきあうことになった、というわけだった。

3人《にん》は陽菜《ひな》やぼくたちがくる少《すこ》し前《まえ》に、飼育小屋《しいくごや》の裏《うら》にあるフェンスの破《やぶ》れ目《め》から学校《がっこう》にはいって、ウサギたちの様子《ようす》を見《み》ていたらしい。

すると、とつぜん校門《こうもん》があいて、大《おお》きなトラックやトレーラーが次々《つぎつぎ》と校内《こうない》に乗《の》りこんできた。

工事《こうじ》の車《くるま》だと思《おも》った3人《にん》が、勝手《かって》にはいったことがばれると怒《おこ》られると思《おも》い、とっさに小屋《こや》の陰《かげ》に隠《かく》れると——

「校舎《こうしゃ》から、木村先生《きむらせんせい》がでてきたんだ」

翔太《しょうた》がいった。

「木村先生《きむらせんせい》が？」

ぼくは思《おも》わず繰《く》り返《かえ》して、陽菜《ひな》と顔《かお》を見《み》あわせた。

木村先生《きむらせんせい》は、高学年《こうがくねん》の理科《りか》の教科担任《きょうかたんにん》だ。

噂《うわさ》では、有名《ゆうめい》な大学《だいがく》を優秀《ゆうしゅう》な成績《せいせき》で卒業《そつぎょう》して、いまもアメリカの研究所《けんきゅうじょ》と協力《きょうりょく》して、なにか難《むずか》しい研究《けんきゅう》をつづけているらしい。

いつも白衣《はくい》を着《き》て、冷静《れいせい》に授業《じゅぎょう》を進《すす》めるその姿《すがた》に、一部《いちぶ》の女子《じょし》にはファンもいるらしいけど、なにを考《かんが》えているのかわからないところが、ぼくはちょっと苦手《にがて》だった。

その木村先生《きむらせんせい》が車《くるま》のほうに近《ちか》づくと、トラックやトレーラーから青《あお》い作業服《さぎょうふく》を着《き》た男《おとこ》たちが、なん人《にん》かおりてきた。

木村先生《きむらせんせい》と男《おとこ》たちは、なにか言葉《ことば》をかわしていたけど、やがて大《おお》きな荷物《にもつ》や機械《きかい》を手《て》にして、次々《つぎつぎ》に校舎《こうしゃ》のなかへとはいっていった。

体育館《たいいくかん》の工事《こうじ》のはずなのに、校舎《こうしゃ》にはいるのはおかしいし、なにより木村先生《きむらせんせい》が工事《こうじ》の担当者《たんとうしゃ》とは思《おも》えない。

気《き》になった翔太《しょうた》たちは、男《おとこ》たちの目《め》を盗《ぬす》んで校舎《こうしゃ》にしのびこんだ。

そして、なかで様子《ようす》をうかがっていると、ハイエナがうろついているのを見《み》つけたので、とっさにこの教室《きょうしつ》に隠《かく》れた――ということだった。

「悪《わる》かったな」

翔太《しょうた》がとつぜんあやまったので、ぼくはおどろいて聞《き》き返《かえ》した。

「なにが？」

「いや……おまえらがいることは、窓《まど》から見《み》てて気《き》づいてたんだけど、ハイエナがいたから、声《こえ》をだせなかったんだ」

そのうちに、ライオンがあらわれて、どうしようと思《おも》っているうちに、ぼくたちが校舎《こうしゃ》に逃《に》げこんできたので、合流《ごうりゅう》するタイミングをねらっていたのだそうだ。

「その男《おとこ》たちが、あの動物《どうぶつ》たちを運《はこ》んできたのかな？」

陽菜《ひな》のつぶやきに、

「たぶんな」

光《ひかる》がこたえて、まゆをよせた。

「おれは、木村《きむら》が怪《あや》しいと思《おも》う。あいつが男《おとこ》たちを呼《よ》びこんだんじゃないかな」

「それで、おまえらは、なにしに学校《がっこう》にきたんだ？」

翔太《しょうた》に聞《き》かれて、ぼくはここにくるまでの事情《じじょう》を簡単《かんたん》に説明《せつめい》した（ただし、ぼくが動物《どうぶつ》の言葉《ことば》を聞《き》きとれるということは話《はな》さなかった）。

ぼくから、職員室《しょくいんしつ》の電話《でんわ》が使《つか》えなくなっていたことを聞《き》くと、

「やっぱり、自分《じぶん》たちの力《ちから》で脱出《だっしゅつ》するしかなさそうだな」

翔太《しょうた》がそういって、光《ひかる》とさくらを見《み》た。

「でも、どうやって？」

さくらが泣《な》きそうな顔《かお》でつぶやく。

翔太《しょうた》はドアに近《ちか》づくと、耳《みみ》をあてて外《そと》の様子《ようす》をうかがった。

そして、そっとドアを開《ひら》いて、ろうかに顔《かお》をだした。

どうやら、いまはハイエナはいないようだ。

しばらく左右《さゆう》を見《み》わたしていた翔太《しょうた》は、ドアを閉《し》めて戻《もど》ってくると、ぼくたちの顔《かお》を見《み》まわしていった。

「ハイエナは、この階《かい》にはいないみたいだ。たぶん、ほかの階《かい》にいったんだろう」

それを聞《き》いて、光《ひかる》が腰《こし》に手《て》をあてながらいった。

「だったら、いまのうちにやるしかないな」

「やるって、なにを？」

ぼくがふたりの顔《かお》を交互《こうご》に見《み》ると、光《ひかる》が緊張《きんちょう》した表情《ひょうじょう》でいった。

「防火《ぼうか》シャッターをおろしたい。協力《きょうりょく》してくれないか」

信号トリオ

3 シャッター大作戦《だいさくせん》

うちの学校《がっこう》では、すべての階段《かいだん》とろうかのあいだに、頑丈《がんじょう》な防火《ぼうか》シャッターがついている。

階段側《かいだんがわ》とろうか側《がわ》のそれぞれの壁《かべ》に、手《て》のひらくらいの大《おお》きさの銀色《ぎんいろ》のふたがあって、それをあけると〈▲〉〈止〉〈▼〉の3つのボタンがならんでいるのだ。

〈▼〉を押《お》せば、階段《かいだん》とろうかのあいだにシャッターがおりてくるので、ほかの階《かい》にいくことも、ほかの階《かい》からくることもできなくなってしまう。

階段《かいだん》はろうかの両《りょう》はしにあるので、シャッターも北校舎《きたこうしゃ》と西校舎《にしこうしゃ》の各階《かくかい》に、それぞれふたつずつあった。

「2階《かい》にある4つのシャッターを、同時《どうじ》におろしたいんだ」

光《ひかる》が黒板《こくばん》に図《ず》を描《えが》きながら説明《せつめい》した。

「時間差《じかんさ》があると、おりるシャッターに気《き》づいたハイエナが、べつの階段《かいだん》にまわりこんで、閉《し》まりかけたシャッターのすきまから飛《と》びこんでくるかもしれない。だから、4ヶ所《かしょ》のボタンを同時《どうじ》に押《お》したいんだけど……」

3人《にん》しかいないので、どうしようかと思《おも》っていたらしい。

「でも、シャッターをおろしたとしても、そのあとはどうするんだ？」

ぼくは光《ひかる》の顔《かお》を見《み》た。

「ぼくたちも、2階《かい》に閉《と》じこめられることになるんだぞ」

「おれがろうかの窓《まど》から脱出《だっしゅつ》する」

翔太《しょうた》が1歩前《ぽまえ》に進《すす》みでた。

「金網《かなあみ》は？」

「この階《かい》には図工室《ずこうしつ》があるから、きる道具《どうぐ》くらいさがせば見《み》つかるだろ。あとは、シャッターをおろしてから、ゆっくりと金網《かなあみ》を破《やぶ》ればいいさ」

翔太《しょうた》は自信満々《じしんまんまん》の態度《たいど》でそういった。

「でも……」

陽菜《ひな》が不安《ふあん》そうにつぶやく。

窓《まど》のむこうには、2メートルくらいの高《たか》さのブロック塀《べい》があるんだけど、校舎《こうしゃ》とのあいだは少《すこ》し距離《きょり》があるし、もし飛《と》びうつるのに失敗《しっぱい》したら、下《した》ではハイエナやライオンが待《ま》ちかまえているのだ。

だけど、陽菜《ひな》が口《くち》にした不安《ふあん》に対《たい》して、

「これぐらいなら、だいじょうぶ。学校《がっこう》の外《そと》にでたら、すぐに助《たす》けを呼《よ》んできてやるよ」

翔太《しょうた》はあっさりとこたえた。

よほど自分《じぶん》の運動神経《うんどうしんけい》に自信《じしん》があるのだろう。

「ほんとにだいじょうぶか？」

「まかせてくれ。問題《もんだい》は、だれがシャッターのスイッチを押《お》しにいくかなんだけど……」

相談《そうだん》の結果《けっか》、陽菜《ひな》には蓮《れん》のそばにいてもらって、残《のこ》りの4人《にん》でいくことにした。

「蓮《れん》をたのむ」

ぼくの言葉《ことば》に、陽菜《ひな》は緊張《きんちょう》した様子《ようす》で、こくりとうなずいた。

このなかで——というより、学年一足《がくねんいちあし》の速《はや》い翔太《しょうた》が、教室《きょうしつ》から一番遠《いちばんとお》い北校舎《きたこうしゃ》の東階段《ひがしかいだん》を担当《たんとう》して、翔太《しょうた》のつぎに足《あし》の速《はや》いぼくが、西校舎《にしこうしゃ》の南階段《みなみかいだん》に向《む》かう。

さくらが教室《きょうしつ》から一番近《いちばんちか》い西校舎《にしこうしゃ》の北階段《きたかいだん》を、そして光《ひかる》が、さくらとわたりろうかをはさんですぐとなりにある北校舎《きたこうしゃ》の西階段《にしかいだん》を受《う》けもつことになった。

掃除道具《そうじどうぐ》入れのロッカーに、床掃除用《ゆかそうじよう》のモップがちょうど4本《ほん》あったので、1本《ぽん》ずつ手《て》にとって、ドアのそばでスタンバイしていると、

ダァァァ――――ンッ！

1階《かい》から、校舎全体《こうしゃぜんたい》がゆれるようなはげしい震動《しんどう》がおそってきた。

ライオンが、また扉《とびら》に体《たい》あたりしてきたのだろう。

ぼくが担当《たんとう》するシャッターは、その扉《とびら》のすぐうえにある。

もし、シャッターがおりるよりも早《はや》く、1階《かい》の扉《とびら》を突破《とっぱ》されたら――。

そんな考《かんが》えが頭《あたま》をよぎり、急《きゅう》にさっきの恐怖《きょうふ》がよみがえって、足《あし》がふるえだした。

ふるえは手《て》を伝《つた》って、モップがカタカタと音《おと》を立《た》てる。

そんなぼくを見《み》て、蓮《れん》がぼくの手《て》をギュッとにぎった。

「ごめんね。ぼくが学校《がっこう》に忘《わす》れものなんかしたから……」

蓮《れん》の手《て》がこまかくふるえていることに気《き》づいた瞬間《しゅんかん》、ぼくの手《て》のふるえが、ぴたりとおさまった。

「ばーか。気《き》にすんなって」

ぼくは蓮《れん》の頭《あたま》を、コツンと軽《かる》くこづいた。

「だいじょうぶ。ちゃんと5時《じ》までに帰《かえ》ろうぜ」

ぼくの言葉《ことば》を聞《き》いて、蓮《れん》の顔《かお》にようやく笑顔《えがお》が戻《もど》った。

「いくぞ」

翔太《しょうた》の声《こえ》に、ぼくは蓮《れん》から離《はな》れた。

「兄《にい》ちゃん」

ぼくはふり返《かえ》って、親指《おやゆび》をぐっと立《た》てると、モップをにぎりしめて教室《きょうしつ》をでた。

陽菜《ひな》が蓮《れん》を、そっと抱《だ》きよせる。

ろうかにはだれも——人《ひと》も動物《どうぶつ》もいなかった。

足音《あしおと》を立《た》てないように、みんながそれぞれのもち場《ば》につく。

あいだにいる光《ひかる》とさくらが、腕《うで》を大《おお》きくあげて、せーのでいきおいよくふりおろした。

それを合図《あいず》に、ぼくたちは同時《どうじ》に〈▼〉ボタンを押《お》した。

ガシャン！

機械《きかい》が動《うご》きだす大《おお》きな音《おと》につづいて、銀色《ぎんいろ》のシャッターがきしみながら、ゆっくりとおりてくる。


ギイギイ…ギイギイ…ギイギイ……


シャッターがおりてくる速度《そくど》は、いらいらするくらいおそかった。

正直《しょうじき》、すぐにでも逃《に》げだしたかったけど、ぼくはぐっとおなかに力《ちから》をいれて、その場《ば》にふみとどまった。

シャッターがおりはじめたことに気《き》づいたハイエナが突進《とっしん》してきたら、ここでふせがないと、みんながあぶないのだ。

閉《し》めきられた真夏《まなつ》の校舎《こうしゃ》は、まるでサウナのように蒸《む》し暑《あつ》く、ひたいから流《なが》れ落《お》ちた汗《あせ》が目《め》にはいる。

手《て》の甲《こう》ですばやくふきとると、ぼくはまたモップをかまえた。

まだ10秒《びょう》も経《た》ってないのに、もうなん分《ぷん》も経《た》ったみたいだ。


ギイギイ…ギイギイ…ギイギイ……


シャッターは、ようやく半分《はんぶん》をすぎて、顔《かお》の前《まえ》を通過《つうか》した。

(早《はや》く早《はや》く……)

ぼくがじりじりしながら待《ま》っていると、シャッターのむこうから、バンッ！　と大《おお》きな音《おと》がした。

つづいて、階段《かいだん》の下《した》からはげしいうなり声《ごえ》が聞《き》こえてくる。


ガルルルル……

同時《どうじ》に、頭《あたま》のなかに（ドコダ？）という声《こえ》が響《ひび》いた。
やばい――ぼくはふるえあがった。
どうやら、1階《かい》の扉《とびら》が破《やぶ》られたようだ。
「いまのって……」
さくらがおびえた顔《かお》を、ぼくのほうに向《む》ける。
異変《いへん》に気《き》づいた光《ひかる》が、曲《ま》がり角《かど》のむこうから顔《かお》をのぞかせた。
シャッターはもう、3分《ぶん》の2以上《いじょう》閉《し》まっている。
たとえ扉《とびら》を破《やぶ》られても、シャッターはぶ厚《あつ》いし、階段《かいだん》のすぐそばにある。
助走《じょそう》をつけにくい分《ぶん》、閉《と》じてしまえば、破《やぶ》られる可能性《かのうせい》は低《ひく》いはずだ。
ぼくはモップをにぎりなおして、ふるえる足《あし》をふんばった。
シャッターがひざもとを通過《つうか》して、完全《かんぜん》に閉《と》じようとしている。
なんとかまにあった――そう思《おも》って、少《すこ》し気《き》がゆるんだ瞬間《しゅんかん》、
ドドドドドドドドドド……

はげしい足音《あしおと》とともに、獣《けもの》のにおいが一気《いっき》に迫《せま》ってきた。

ぼくがかたまっていると、ほとんど閉《し》まりかけていたシャッターのすきまから、するどい爪《つめ》の光《ひか》る前足《まえあし》が飛《と》びだしてきた。

ぼくはとっさに飛《と》びのくと、前足《まえあし》めがけてモップをふりおろした。

足《あし》がすばやくひっこんで、モップの先《さき》がろうかをたたく。

しびれる手《て》に涙目《なみだめ》になりながらも、なんとかはいってくるのはふせげたかな、と思《おも》っていたぼくは、つぎの瞬間《しゅんかん》、目《め》をうたがった。

いったん閉《し》まりかけたシャッターが、あがりはじめたのだ。


ギイギイ…ギイギイ…


「え？　なんで……」

ぼくがパニックになっていると、

「安全装置《あんぜんそうち》だ」

いつのまにか、すぐそばまでやってきていた光《ひかる》が、ぼくを押《お》しのけて〈▼〉ボタンを連《れん》打《だ》した。

そういえば、聞《き》いたことがある。防《ぼう》火《か》シャッターに誤《あやま》って人《ひと》がはさまるのをふせぐため、なにかがはさまっているとシャッターが感《かん》知《ち》したら、自《じ》動《どう》的《てき》に開《ひら》くようになっているのだ。

シャッターは、ぼくのひざの少《すこ》しうえあたりでいったん止《と》まると、またゆっくりとおりはじめた。

ガウワウワウゥッ！

たてがみをなびかせた大《おお》きな顔《かお》が、横《よこ》倒《だお》しになって、前《まえ》足《あし》とともにシャッターの下《した》からあらわれる。

ビュンッ！と風《かぜ》をきって、前《まえ》足《あし》の爪《つめ》がぼくたちの足《あし》をかすめた。

ガシャン！　ガシャン！　ガシャン！

ライオンが、シャッターのすきまからはいろうと、なん度《ど》も体《たい》あたりをしてくる。

「兄《にい》ちゃん……」

蓮《れん》が教室《きょうしつ》のドアをあけて、泣《な》きそうな顔《かお》をのぞかせた。

「なかにはいってろ！」

ぼくは大声《おおごえ》でさけんで、モップをにぎりなおした。

そうだ。ぼくは蓮《れん》を家《いえ》まで連《つ》れて帰《かえ》るんだ。

こんなところで、びびってるわけにはいかない。

すきまにムリやり前足《まえあし》を突《つ》っこんで、シャッターをこじあけようとするライオンの鼻先《はなさき》をねらって、

「こいつ！　あっちにいけ！」

ぼくはモップを突《つ》きだした。

ところが、ライオンはひるむことなくモップの先《さき》をくわえこむと、そのまま首《くび》をふって、ぐいっとひっぱった。

「うわっ！」

ガッシャンッ！

モップごとひっぱられて、ぼくはシャッターに体《からだ》を強《つよ》くぶつけた。

立《た》ちあがろうとしたところを、またひっぱられて、こんどは肩《かた》を思《おも》いきり打《う》ちつける。

「なにしてるんだ！　モップを放《はな》せ！」

光《ひかる》がさけびながらかけよってくる。

「紐《ひも》がひっかかってるんだ！」

ぼくは顔《かお》を真《ま》っ赤《か》にして怒鳴《どな》り返《かえ》した。

モップのもち手《て》に、壁《かべ》にひっかけるための紐《ひも》がついていたので、モップを落《お》とさないように、その紐《ひも》に手首《てくび》を通《とお》してたんだけど、それが裏目《うらめ》にでた。

グルルルル……

うなり声《ごえ》とともに、ライオンがモップをふりまわし、ぼくはまた頭《あたま》からシャッターにたたきつけられた。

「ぐぅ……」

ぼくはうめいた。

シャッターのすきまはせまいので、ライオンははいってこられないけど、ぼくが倒《たお》れたら、むこうにひきずりこまれるかもしれない。

いや、それよりも先《さき》に、手首《てくび》がちぎれそうだ。

ぼくがなんとか体《からだ》を起《お》こそうとしていると、

「こいつ！」

光《ひかる》がライオンの鼻《はな》めがけて、モップを思《おも》いきり突《つ》きだした。


グワッ！

ライオンが悲鳴《ひめい》をあげて、口《くち》からモップをはきだす。

その反動《はんどう》で、ぼくはうしろに派手《はで》にひっくり返《かえ》った。

「だいじょうぶか？」

かけつけた翔太《しょうた》とさくらに助《たす》け起《お》こしてもらっていると、

「うわっ！」

光《ひかる》の悲鳴《ひめい》が聞《き》こえた。

ふり返《かえ》ると、こんどは光《ひかる》のモップがくわえられて、光《ひかる》がひきずられそうになっている。

ぼくたちはあわててモップをつかんだ。

だけど、ライオンの力《ちから》はものすごくて、4人《にん》がかりでもふりまわされるほどだった。

ぼくたちは目《め》をあわせると、

「1……2の……3！」

でタイミングをあわせて、同時《どうじ》にモップを押《お》しだした。

ちょうどひっぱろうとしていたライオンが、モップをくわえたまま、バランスをくずして階段《かいだん》をころげ落《お》ちる。

グワアアアアアアア…………ッ！

遠《とお》ざかっていく鳴《な》き声《ごえ》を聞《き》きながら、ぼくは飛《と》びつくようにして、〈▼〉ボタンを押《お》した。ヴーン、とモーター音《おん》を立《た》てながらシャッターがおりる。

その動《うご》きを緊張《きんちょう》しながら見《み》つめていると、シャッターが完全《かんぜん》に閉《し》まる直前《ちょくぜん》、小《ちい》さな影《かげ》がすりぬけて、ぼくの胸《むね》に飛《と》びついてきた。

「うわっ！」

ぼくはおどろいて、うしろにひっくり返《かえ》った。

ほかの３人《にん》が身《み》がまえるなか、影《かげ》はぼくのおなかのうえで、

「ワンッ！」

と鳴《な》いた。

「おまえ……」

飛《と》びついてきたのは、さっき校《こう》庭《てい》で助《たす》けてくれた、あの灰色《はいいろ》の子《こ》犬《いぬ》だった。

おそらく、破《やぶ》れた扉《とびら》からはいってきたのだろう。

「無事《ぶじ》だったのか」

ぼくが抱《だ》きあげて、子犬《こいぬ》がふたたび「ワン」と鳴《な》いたとき、ガシャーン、と音《おと》を立《た》ててシャッターが閉《し》まった。

「兄《にい》ちゃ〜ん」

教室《きょうしつ》に戻《もど》ると、蓮《れん》が抱《だ》きついてきた。

そして、子犬《こいぬ》に気《き》づいて歓声《かんせい》を

あげる。

「あれ？　おまえもきたの？　……うわっ、くすぐったい！」

蓮《れん》が抱《だ》きあげると、子犬《こいぬ》は蓮《れん》の顔《かお》をべろべろとなめた。

「ねえ、せっかくだから、名前《なまえ》をつけてあげようよ」

「なにがいい？」

「えーっと……灰色《はいいろ》だから、グレイ！」

「単純《たんじゅん》だなあ。それじゃあ、グレイをたのむ」

ぼくはグレイを蓮《れん》にまかせると、窓《まど》に近《ちか》づいて、カーテンをほそくあけた。

校庭《こうてい》では、さっきと同《おな》じように、ライオンの集団《しゅうだん》――プライドと、ハイエナのチームがうろついていた。

だけど、そのなかに、さっきのオスライオンの姿《すがた》は見《み》えなかった。

ここから見《み》えない場所《ばしょ》にいるのか、それとも、もしかしたら建物《たてもの》のなかにひそんでいるのかも……。

シャッターを閉《と》じても、階段同士《かいだんどうし》はつながっている。つまり、1階《かい》にはいられたということは、3階《がい》や4階《かい》をつうじて、両方《りょうほう》の校舎《こうしゃ》を行《い》き来《き》できるようになったということだ。

これで、2階《かい》以外《いがい》にはいけなくなったな、と思《おも》っていると、

「やっぱりおかしい……」

となりで外《そと》をながめていた陽菜《ひな》が、難《むずか》しい顔《かお》で首《くび》をひねった。

「なにが?」

「だって、ライオンとハイエナがあんなに近《ちか》くにいるなんて、ありえないよ」

そういって、口《くち》をとがらせる。

ライオンとハイエナは、必要以上《ひつよういじょう》に争《あらそ》うことはないけど、こんなに仲《なか》よくなることもないらしい。

「それから、もうひとつ、気《き》になることがあるの」

陽菜《ひな》は真剣《しんけん》な顔《かお》でつづけた。

陽菜《ひな》によると、野生動物《やせいどうぶつ》は基本的《きほんてき》には臆病《おくびょう》なので、サバンナで人間《にんげん》を見《み》かけたときも、自分《じぶん》から近《ちか》づいてくることはあまりないのだそうだ。

「もちろん、危険《きけん》を感《かん》じたときや、赤《あか》ちゃんがいて気《き》が立《た》ってるときなんかはべつだけど、

普通《ふつう》はまず、距離《きょり》をとって警戒《けいかい》するものなの」

ところが、学校《がっこう》であった動物《どうぶつ》たちは、なんのちゅうちょもなくおそいかかってきた。

それがまるで、

「だれかに命令《めいれい》されているみたい」

だというのだ。

陽菜《ひな》の話《はなし》を聞《き》いているうちに、ぼくは職員室《しょくいんしつ》で聞《き》いた機械音《きかいおん》のことを思《おも》いだした。

とつぜんあらわれたぼくたちの姿《すがた》に、リスたちははじめ、おどろいたりおびえたりしていた。

ところが、あの音《おと》を聞《き》いたとたん、まるでそれが合図《あいず》だったみたいに、いっせいにおそいかかってきたのだ。

あの音《おと》はいったい――。

「あれ？　翔太《しょうた》は？」

ぼくはふと気《き》づいて、教室《きょうしつ》のなかを見《み》まわした。いつのまにか、翔太《しょうた》の姿《すがた》が消《き》えている。

「ああ。図工室《ずこうしつ》に、工具《こうぐ》をさがしに……」

光《ひかる》がそういいかけたとき、どこか遠《とお》くのほうから、ガシャン、とガラスがわれるような音《おと》が聞《き》こえてきた。

どうやら、鍵《かぎ》がかかっていたので、非常手段《ひじょうしゅだん》をとったみたいだ。

ぼくは光《ひかる》に声《こえ》をかけた。

「なあ。おまえらが見《み》かけた怪《あや》しい男《おとこ》たちって、どんなやつらだったんだ？」

「うーん……なんか引《ひ》っ越《こ》し業者《ぎょうしゃ》みたいだったな」

ぼくの問《と》いに、光《ひかる》は鼻《はな》の頭《あたま》にしわをよせてこたえた。

「引《ひ》っ越《こ》し業者《ぎょうしゃ》？」

「ああ。青《あお》のつなぎを着《き》て、青《あお》い帽子《ぼうし》を目深《まぶか》にかぶってたから」

「つなぎってことは、作業着《さぎょうぎ》か。それって、引《ひ》っ越《こ》し業者《ぎょうしゃ》というより……」

動物園《どうぶつえん》の飼育員《しいくいん》みたいだな、と思《おも》っていると、

「おーい、とってきたぞー」

ドアがガラガラッといきおいよく開《ひら》いて、翔太《しょうた》が工具《こうぐ》を両手《りょうて》にかかえてはいってきた。

ペンチやハンマーやニッパーを、机《つくえ》のうえにバラバラとひろげる。

「これで、金網《かなあみ》を破《やぶ》るぞ」

「ぼくもやる！」

蓮《れん》が目《め》をかがやかせて、小型《こがた》のニッパーを手《て》にとった。

翔太《しょうた》が一番大《いちばんおお》きなペンチを手《て》に教室《きょうしつ》をでる。

ぼくも適当《てきとう》なペンチを手《て》にして、ふたりのあとを追《お》った。

2階《かい》なので、窓《まど》の外《そと》に動物《どうぶつ》の姿《すがた》はない。

閉《と》じこめられたのが1階《かい》だったら、窓《まど》から脱出《だっしゅつ》することもできなかったわけだ。

——そこまで考《かんが》えたとき、ぼくは頭《あたま》のすみっこに、なにかがひっかかるのを感《かん》じた。

さっき、ライオンはあの扉《とびら》を破《やぶ》ってはいってきたのだ。

それだけの怪力《かいりき》をもったライオンが、金網《かなあみ》がはってあるとしても、どうして窓《まど》を破《やぶ》ろうとしないんだろう。

「どうやってきるの？」

蓮《れん》がニッパーを手《て》に背《せ》のびをして窓《まど》をあける。

そのとき、ぼくの足《あし》もとでグレイが「ワンワンワンッ！」とはげしくほえた。


（アブナイ！　ハナレテ！）


グレイの言葉《ことば》を耳《みみ》にして、ぼくはとっさにさけんだ。

「蓮《れん》、離《はな》れろ！」

蓮《れん》の肩《かた》をつかんでひき戻《もど》すと、自分《じぶん》が手《て》にしていたペンチを、金網《かなあみ》に向《む》かって投《な》げつける。


バチバチバチッ！


はげしく火花《ひばな》が散《ち》って、ペンチがはじき飛《と》ばされた。

その音《おと》に、陽菜《ひな》たちがろうかにでてくる。

窓《まど》の近《ちか》くで翔太《しょうた》がぼう然《ぜん》と立《た》ち尽《つ》くし、蓮《れん》も腰《こし》をぬかしたようにその場《ば》に座《すわ》りこんだ。

「どうしたの？」

たずねる陽菜《ひな》に、

「電流《でんりゅう》だ」

ぼくは早口《はやくち》でこたえた。

「金網《かなあみ》に電流《でんりゅう》が流《なが》れてるんだ」

だから動物《どうぶつ》たちは、窓《まど》の金網《かなあみ》に近《ちか》づかなかったのだ。

「それじゃあ、わたしたち、ここからでられないの？」

しばらくして、さくらが泣《な》きそうな顔《かお》でぼくたちを見《み》まわした。

「いや、シャッターをあければでられるから、正確《せいかく》には閉《と》じこめられたわけじゃないけど
……」

光《ひかる》の冷静《れいせい》な台詞《せりふ》を聞《き》きながら、ぼくはべつのことを考《かんが》えていた。

ぼくたちが学校《がっこう》にやってきて、校舎内《こうしゃない》にはいったことは、青《あお》い作業着《さぎょうぎ》の集団《しゅうだん》にとっては予《よ》想外《そうがい》だったはずだ。

ということは、この電流《でんりゅう》はぼくたちを閉《と》じこめるためではなく、動物《どうぶつ》を校舎《こうしゃ》にいれない、

または校舎《こうしゃ》からださないようにするため、ということになる。

それに、いまは工事《こうじ》で立入禁止《たちいりきんし》のはずなのに、工事《こうじ》をやっている気配《けはい》もない。

つまり、この学校《がっこう》で動物《どうぶつ》たちが放《はな》し飼《が》いになっているのは、はじめから計画《けいかく》されていたことなのだ。

そして、その計画《けいかく》には、木村先生《きむらせんせい》が絡《から》んでいるにちがいない。

もしかしたら、動物《どうぶつ》たちにぼくたちをおそうよう命令《めいれい》しているのも、木村先生《きむらせんせい》なのかもしれない。

ぼくはろうかを見《み》まわした。窓《まど》がだめなら、1階《かい》の扉《とびら》から外《そと》にでるしかないけど、この様子《ようす》だと、おそらく正門《せいもん》だけではなく、裏門《うらもん》にも動物《どうぶつ》たちが待《ま》ちかまえているだろう。

「ねえ。コンピューター室《しつ》はどうかな？」

陽菜《ひな》がみんなを見《み》まわしながらいった。

「あそこなら、メールが使《つか》えるかも……」

「そうか」

ぼくは手《て》を打《う》った。北校舎《きたこうしゃ》の3階《かい》にはコンピューター室《しつ》があって、デスクトップ型《がた》のパソコンがならんでいる。

セキュリティの関係《かんけい》で、すべて無線《むせん》ではなく有線《ゆうせん》でつながってるんだけど、もしその線《せん》がきれていなければ、メールがだせるかもしれない。

「よし、それじゃあ、さっそくいこうぜ」

すぐにでも走《はし》りだしそうないきおいの翔太《しょうた》を、

「ちょっと待《ま》てって」

光《ひかる》があわてて押《お》しとどめる。

3階《がい》にいくには、いったんシャッターをあけないといけないし、扉《とびら》が破《やぶ》られたいま、校《こう》舎《しゃ》のなかにはハイエナだけではなく、ライオンまでいるのだ。

「だけど、ほかに手《て》はないだろ？」

翔太《しょうた》の言葉《ことば》に、ぼくは迷《まよ》いながらもうなずいた。

このまま夜《よる》になれば、親《おや》たちは帰《かえ》りがおそいことに気《き》づいて、学校《がっこう》に問《と》いあわせるかもしれない。

だけど、それまでシャッターがもつとは限《かぎ》らないし、なにより、校内《こうない》に敵意《てきい》をもった人《にん》間《げん》がいるとわかった以上《いじょう》、いつ階段側《かいだんがわ》のボタンを操作《そうさ》されてシャッターが開《ひら》くかわからないのだ。

「でも、パソコンの線《せん》もかじられてたら、どうするの？」

さくらが泣《な》きそうな顔《かお》でいった。

「それは……」

ぼくは言葉《ことば》につまった。

たしかに、メールがだめだったときのために、つぎの手《て》を考《かんが》えておいたほうがいいかもしれない。

みんながだまりこんでしまうなか、

「兄《にい》ちゃん、おなかすいた～」

蓮《れん》がのんきな声《こえ》をあげた。

「バカ。がまんしろ」

ぼくは蓮《れん》の頭《あたま》をはたいた。蓮《れん》がうらめしそうに、ぼくをうわ目《め》づかいににらむ。

「パンはさっき、この子《こ》にあげちゃったから……」

陽菜《ひな》の言葉《ことば》を理解《りかい》しているのか、グレイが申《もう》しわけなさそうに「くーん」と声《こえ》をあげる。

すると、さくらが自分《じぶん》のポシェットから小《ちい》さな袋《ふくろ》をとりだして、おずおずとさしだした。

「あの……これでよかったら……」

はいっていたのは、ちょっとオレンジがかった色《いろ》のクッキーだった。

「え？　いいの？」

いうが早《はや》いか、蓮《れん》がさっそく手《て》をのばして、口《くち》のなかにほうりこんだ。

「あっ！」

さくらがさけんで、口《くち》を手《て》で押《お》さえる。

「おいしい！」

蓮《れん》の笑顔《えがお》に、

「そう……よかった」

さくらはホッとしたような微笑《ほほえ》みをうかべた。そして、小《ちい》さな声《こえ》でつけくわえた。

「一応《いちおう》、人体《じんたい》には影響《えいきょう》ありませんって書《か》いてあるから、だいじょうぶだとは思《おも》うんだけど……」

「え？」

ぼくはその台詞《せりふ》を聞《き》きとがめた。

「それ、どういうこと？」

「これ、人間用《にんげんよう》じゃないの……」

さくらは消《き》えいるような声《こえ》でいった。

「ええ？」

2枚目《まいめ》を口《くち》にいれようとしていた蓮《れん》は、目《め》をまるくして手《て》を止《と》めた。

ぼくは袋《ふくろ》を手《て》にとってラベルを見《み》た。

〈キャロットクッキー　ウサギ用《よう》〉

「〈ウサギの大好《だいす》きなにんじんとキャベツがたっぷり。栄養満点《えいようまんてん》のクッキーです☺〉……って、これ、ウサギ用《よう》じゃないか」

さくらは首《くび》をすくめて、かすかにうなずいた。

「うん。だって……」

そういえば、さくらたちは元々《もともと》、ウサギたちがえさをもらってるか心配《しんぱい》になって学校《がっこう》に様子《ようす》を見《み》にきたのだ。ウサギ用《よう》の食《た》べものをもっているのはあたりまえだ。

「へーえ、こんなのがあるんだ」

陽菜《ひな》は珍《めずら》しそうに、ラベルに書《か》かれた原材料《げんざいりょう》を読《よ》んでいる。

「でも……これ、おいしかったよ」

泣《な》き笑《わら》いのような表情《ひょうじょう》で、2枚目《まいめ》のクッキーをそっと口《くち》に運《はこ》ぶ蓮《れん》の姿《すがた》に、ぼくたちは笑《わら》い声《ごえ》をあげた。

校舎《こうしゃ》に閉《と》じこめられてから、声《こえ》をだして笑《わら》ったのは、はじめてかもしれない。

ひとしきり笑《わら》いあうと、

「シャッターをあけるなら、ちょっと考《かんが》えがあるんだけど……」

光《ひかる》がそういって、ぼくたちの顔《かお》を見《み》まわした。

4 絶《ぜっ》体《たい》絶《ぜつ》命《めい》！うばわれた蓮《れん》！

ギィ……ギィ……ギィ……ギィ……


北校舎《きたこうしゃ》の西側《にしがわ》のシャッターが、ゆっくりとあがっていく。

腰《こし》の高《たか》さまであがったところで、〈止〉のボタンを押《お》して、ぼくは耳《みみ》をすました。

音《おと》を聞《き》きつけた動物《どうぶつ》たちがあつまってくることを心配《しんぱい》したんだけど、どうやらだいじょうぶのようだ。

モップを手《て》にふり返《かえ》ると、陽菜《ひな》、翔太《しょうた》、光《ひかる》の3人《にん》が、緊張《きんちょう》した表情《ひょうじょう》でうなずいた。

体《からだ》をかがめて4人《にん》でシャッターをくぐると、階段側《かいだんがわ》のふたをあけて〈▼〉ボタンを押《お》す。

シャッターがまたギィギィと音《おと》を立《た》てて、ガシャン、と下《した》までおりきった。

これで、教室《きょうしつ》に残《のこ》ったさくらと蓮《れん》のふたりは安全《あんぜん》だ。

ぼくたちは、もう一度《いちど》顔《かお》を見《み》あわせてうなずきあうと、それぞれの目的地《もくてきち》に向《む》かって動《うご》きだした。

ぼくと陽菜《ひな》は階段《かいだん》をのぼって3階《がい》に、翔太《しょうた》と光《ひかる》は階段《かいだん》をおりて1階《かい》に。

ここからは、べつ行動《こうどう》だ。

ぼくと陽菜《ひな》は階段《かいだん》を2段飛《だんと》ばしでかけあがって、コンピューター室《しつ》の前《まえ》に到着《とうちゃく》した。

いまのところ、動物《どうぶつ》が近《ちか》くにいる気配《けはい》は感《かん》じられない。

ドアに手《て》をかけると、うまい具合《ぐあい》に鍵《かぎ》はかかっていなかった。

さっきみたいに、ガラスをわってなかにはいったりしたら、音《おと》を聞《き》きつけたハイエナたちがあつまってしまう。

ついてるぞ――そう思《おも》いながら、そっとドアをあけると、なかは真《ま》っ暗《くら》だった。

コンピューターを日光《にっこう》から守《まも》るため、ほかの部屋《へや》よりもカーテンが厚《あつ》いらしい。

ドアを閉《し》めると、手《て》さぐりで、一番近《いちばんちか》くにあったパソコンの電源《でんげん》をいれる。

ブーーン……と画面《がめん》が明《あか》るくなって、ぼくはホッと息《いき》をついた。

どうやら、パソコンの電源《でんげん》は無事《ぶじ》みたいだ。

あとは、ネットに接続《せつぞく》できるかどうかだけど……。

そのとき、かすかに声《こえ》が聞《き》こえた。

（ニゲテ）

え？　と思《おも》ってふり返《かえ》ると、部屋《へや》のうしろの暗《くら》がりに、ふたつの白《しろ》い点《てん》が光《ひか》っていた。

ぼくがドキッとしていると、点《てん》はじょじょに増《ふ》えて、あっというまに、なん十《じゅう》もの小《ちい》さな目《め》がぼくたちを見《み》つめていた。

ぼくはパソコンの操作《そうさ》を陽菜《ひな》にまかせて、ドアのそばに戻《もど》ると、手《て》さぐりで電気《でんき》をつけた。

明《あか》るくなった部屋《へや》のすみに、なん十匹《じゅっぴき》ものリスの大群《たいぐん》が身《み》をよせあっている。

ぼくはとっさにモップをかまえたけど、どうやらリスたちに、おそってくる様子《ようす》はなさそうだ。

ただ、キィキィという鳴《な》き声《ごえ》にまじるようにして、

（ニゲテニゲテニゲテ……）

悲《かな》しそうな声《こえ》がぼくの耳《みみ》にとどく。
ぼくは陽菜《ひな》に、リスの言葉《ことば》を伝《つた》えた。
「もしかしたら、リスたちもだれかに命令《めいれい》されてるのかも」
陽菜《ひな》はパソコンの画面《がめん》から目《め》を離《はな》さずにいった。
だとしたら、こいつらは敵《てき》じゃないということになる。
『動物《どうぶつ》の耳《みみ》』を使《つか》って、なんとか話《はな》しあえないかな、と思《おも》っていると、
プツッ
黒板《こくばん》のうえにあるスピーカーから、放送《ほうそう》のスイッチがはいる音《おと》がした。
さっき、職員室《しょくいんしつ》で聞《き》いたのと同《おな》じ音《おと》だ。
リスたちがいっせいに顔《かお》をあげる。
やばい、と思《おも》っていると、

ピーピピピピピピーピピ……

あの機械音《きかいおん》が、部屋中《へやじゅう》になり響《ひび》いた。

同時《どうじ》に、リスたちがキィキィと鳴《な》きながら、いっせいにこちらに向《む》かってきた。

「陽菜《ひな》、まだか？」

「もうちょっと待《ま》って！」

ようやく起動《きどう》したパソコンを前《まえ》に、陽菜《ひな》がなれた手《て》つきで操作《そうさ》する。

ぼくはリスたちに向《む》かって、スプレーをふきつけた。

キィキィ……キィキィ……

リスたちが悲鳴《ひめい》をあげて逃《に》げまどう。

だけど、スプレーからふきだされる霧《きり》は、すぐにいきおいがなくなってきた。

「きゃあっ！」

陽菜《ひな》が悲鳴《ひめい》をあげる。

ふり返《かえ》ると、陽菜《ひな》がリスに腕《うで》をかじられながら、それでもパソコンにしがみついていた。

「こいつ！」

ぼくはリスをつかんで、陽菜《ひな》からひきはがした。

すると、こんどはそのぼくの手《て》に、べつのリスがかじりついてくる。

「いてててて……」

空《から》になったスプレーをほうりだすと、ぼくはモップをふりまわしながら、部屋《へや》の前方《ぜんぽう》に向《む》かって走《はし》った。

黒板《こくばん》の前《まえ》の教卓《きょうたく》を、スピーカーのちょうど真下《ました》まで移動《いどう》させて、うえに飛《と》び乗《の》る。

そして、背《せ》のびをして、黒板《こくばん》のうえのスピーカーに手《て》をのばした。

たしか、どこかにオフにするスイッチがあったはずだ。

それを見《み》たリスたちが、教卓《きょうたく》をかけのぼって、ぼくの体《からだ》に飛《と》びついた。

「いてっ！　いててっ！　痛《いた》いってば！」

あちこちかまれたぼくは、教卓《きょうたく》から足《あし》をすべらせて、床《ゆか》に落《お》ちた。

腰《こし》と背中《せなか》を強《つよ》く打《う》って、一瞬息《いっしゅんいき》が止《と》まりそうになる。

身動《みうご》きできずにいるぼくに、リスたちがいっせいに飛《と》びかかってきた。

頭《あたま》をかかえてうずくまりながら、もしかしたら、このまま死《し》ぬんじゃないかと思《おも》っていると、

ピ――……………プッ

みじかい音《おと》を残《のこ》して、機械音《きかいおん》が急《きゅう》に止《と》まった。

え？　と思《おも》って顔《かお》をあげると、陽菜《ひな》が教卓《きょうたく》のうえで仁王立《におうだ》ちして、リスたちを見《み》おろしていた。

どうやら、スピーカーのスイッチをきってくれたみたいだ。


キィ……キィキィ……

リスたちがのろのろと、ぼくの体《からだ》から離《はな》れて、部屋《へや》のうしろに戻《もど》っていく。

「ありがとう……助《たす》かったよ」

体《からだ》のあちこちから血《ち》をにじませながら、ぼくは立《た》ちあがって、パソコンの画面《がめん》をのぞいた。

だけど、電源《でんげん》ははいっているのに、ネットに接続《せつぞく》している様子《ようす》はなかった。

「だめみたい」

陽菜《ひな》が教卓《きょうたく》からおりてきて、首《くび》をふった。

「どうしてもつながらないの。通信《つうしん》に必要《ひつよう》な線《せん》だけきられてるか、もしかしたら、大本《おおもと》のサーバーがこわされているのかも」

「くそっ！」

ぼくが手《て》のひらで、バン、とキーボードをたたいたとき、

キィキィ……


1匹《ぴき》のリスが、なにかを訴《うった》えかけるように鳴《な》きながら、ぼくに近《ちか》づいてきた。

「え？」

ぼくが思《おも》わず聞《き》き返《かえ》すと、リスはまた、キィキィと鳴《な》いた。

それを聞《き》いて、自分《じぶん》でも顔色《かおいろ》が変《か》わるのがわかった。

「なんていってるの？」

陽菜《ひな》がまゆをよせて聞《き》いた。

「いま、ライオンがこっちに……」

ぼくがそういいかけたとき、

ガッシャ――――ン！

ろうか側《がわ》の窓《まど》を突《つ》き破《やぶ》って、メスライオンが部屋《へや》のなかに飛《と》びこんできた。

ガラスの破片《はへん》がぼくたちの頭上《ずじょう》にふりかかる。

ぼくはとっさに、陽菜《ひな》のうえにおおいかぶさった。

ライオンはパソコンをはじき飛《と》ばして、机《つくえ》のうえに立《た》つと、背筋《せすじ》をのばして大《おお》きくほえた。

ガオオオォォォォ……

ぼくは低《ひく》く身《み》をかがめて、陽菜《ひな》をかばいながら、机《つくえ》のあいだをすりぬけるようにしてドアへと走《はし》った。

ところが、ライオンは机《つくえ》のうえを軽々《かるがる》と飛《と》びうつって、ドアの前《まえ》に立《た》ちはだかった。

グルルルルゥゥ……

口《くち》のはじからよだれを流《なが》しながら、ぼくたちをにらみつける。

ぼくは耳《みみ》に神経《しんけい》を集中《しゅうちゅう》させた。だけど、リスからは聞《き》きとれた動物《どうぶつ》の言葉《ことば》が、なぜか目《め》の前《まえ》にいるライオンからは聞《き》きとれなかった。

ぼくが立《た》ちすくんでいると、陽菜《ひな》がポケットからなにかをとりだして、ライオンの足《あし》もとに投《な》げた。

ビイイイイイ……！

けたたましい音《おと》を立《た》てながら、小《ちい》さなキーホルダーのようなものがころがっていく。

防犯《ぼうはん》ブザーだ。

ライオンが一瞬《いっしゅん》ひるんだように動《うご》きを止《と》める。

そのすきに、ぼくたちは反対側《はんたいがわ》のドアから部屋《へや》を飛《と》びだして——すぐに立《た》ち止《ど》まった。

ろうかには、べつのメスライオンと子供《こども》のライオンが、まるで待《ま》ちかまえていたように立《た》っていたのだ。

ぼくはろうかの左右《さゆう》を見《み》わたした。

だけど、いまから階段《かいだん》をかけおりて、２階《かい》に戻《もど》ったとしても、シャッターをあける前《まえ》に追《お》いつかれてしまうだろう。

いや、それ以前《いぜん》に、階段《かいだん》までたどりつけるかどうかもわからない。

体中《からだじゅう》から、スーッと血《ち》の気《け》がひいていくのがわかる。

ぼくたちが文字通《もじどお》り固《かた》まっていると、ブザーの音《おと》が止《と》まった。

たぶん、さっきのライオンがふみつぶしたかかみくだいたのだろう。

コンピューター室《しつ》に飛《と》びこんできたときとは対照的《たいしょうてき》に、窓《まど》からのっそりとメスライオンがろうかにでてくる。

これで完全《かんぜん》にはさまれてしまった。

万事休《ばんじきゅう》すだ。

目《め》の前《まえ》で、親子《おやこ》のライオンがうなり声《ごえ》をあげている。


(ミツケタミツケタ……)


「見《み》つけた？」

ぼくは耳《みみ》にした言葉《ことば》を、無意識《むいしき》のうちに繰《く》り返《かえ》した。

「え？　なにを見《み》つけたの？」

陽菜《ひな》がかすれた声《こえ》でいって、ぼくを見《み》る。

「いや、あいつらがいってるんだ。見《み》つけた見《み》つけたって……」

「それって……」

陽菜《ひな》は絶句《ぜっく》した。

臆病《おくびょう》なはずの野生動物《やせいどうぶつ》が、わざわざ人間《にんげん》をさがしにくるわけがない。ということは、やっぱりだれかに指示《しじ》されているんだ――そう思《おも》ってよく見《み》ると、ライオンの耳《みみ》に、テレビで歌手《かしゅ》がつけてるような、ワイヤレスのイヤホンのようなものがはめられている。

もしかしたら、あれをつうじて指示《しじ》を送《おく》っているのかもしれない。

リスたちは耳《みみ》が小《ちい》さいし数《かず》も多《おお》いから、スピーカーを使《つか》っていっせいに指示《しじ》をだしているのだろう。

だけど、それがわかっても、いまのぼくたちにはどうしようもなかった。

陽菜《ひな》をうしろにかばいながら、奥歯《おくば》をかみしめていると、

「おーい、だいじょうぶか！」

階段《かいだん》のほうから大《おお》きな足音《あしおと》と声《こえ》がして、翔太《しょうた》と光《ひかる》がたいまつを手《て》にあらわれた。

はげしく燃《も》え盛《さか》る炎《ほのお》を見《み》て、さすがのライオンたちもひるむ様子《ようす》を見《み》せる。

ふたりはライオンをけん制《せい》しながら、ぼくたちの近《ちか》くまでくると、

「もってろ」

翔太《しょうた》が2本《ほん》あるたいまつのうち、1本《ぽん》をぼくにさしだした。

腕《うで》をのばして体《からだ》から離《はな》しても、熱気《ねっき》がすごくて、一気《いっき》に汗《あせ》がふきだしてくる。

実《じつ》は、ぼくと陽菜《ひな》がコンピューター室《しつ》に向《む》かっているあいだ、ふたりは1階《かい》の家庭科室《かていかしつ》に向《む》かっていたのだ。

家庭科室《かていかしつ》には油《あぶら》もマッチもあるはずだから、それでたいまつをつくって、ライオンたちに対抗《たいこう》しようという作戦《さくせん》だった。

部屋《へや》のカーテンをきり裂《さ》いて、モップの先《さき》にまき、油《あぶら》をしみこませて火《ひ》をつける。

成功《せいこう》するかどうかはわからなかったけど、どうやらうまくいったみたいだ。

ぼくはたいまつの火《ひ》を突《つ》きだして、1歩前《ぽまえ》に進《すす》んだ。

ライオンたちがじりじりとさがる。

ぼくたちは、ライオンの動《うご》きを封《ふう》じこめながら、階段《かいだん》をおりて防火《ぼうか》シャッターをあけた。

このあと、蓮《れん》たちと合流《ごうりゅう》して、たいまつの火《ひ》をたてにしながら、校門《こうもん》から脱出《だっしゅつ》する作戦《さくせん》だった。

シャッターが半分《はんぶん》ほど開《ひら》いたところで、すばやくろうか側《がわ》に戻《もど》ったぼくたちが、ふたたびシャッターをおろそうとしたとき、

グワアアアアァァッ！

とつぜん、ライオンたちがはげしくほえて、頭《あたま》を左右《さゆう》にふりだした。

ぼくたちがあっけにとられていると、ライオンたちは荒々《あらあら》しくほえながら、たいまつの火《ひ》をめがけて突《つ》っこんできた。

（オソエオソエ　コワイコワイ　オソエオソエ……）

火《ひ》は怖《こわ》いのに、おそわなければいけないい——ライオンたちの混乱《こんらん》した声《こえ》が、ぼくの頭《あたま》に

響《ひび》く。

思《おも》わずあとずさると、小《ちい》さな影《かげ》が、ぼくたちのうしろから足《あし》もとをすりぬけていった。

ガウッ！　ガウガウッ！

グレイがぼくたちの前《まえ》に立《た》って、ライオンたちにはげしくほえる。

ライオンたちの動《うご》きが一瞬《いっしゅん》止《と》まった。

いまのうちだ――ぼくたちが教室《きょうしつ》に戻《もど》ろうとしたとき、ひと際《きわ》大《おお》きな影《かげ》が、閉《し》まりかけたシャッターのすきまをこじあけるようにして飛《と》びこんできた。

オスライオンだ！

オスライオンは、たてがみをなびかせながら、その巨体《きょたい》からは想像《そうぞう》もつかないようなすばやい身《み》のこなしでぼくたちを軽々《かるがる》と飛《と》び越《こ》えると、２年《ねん》２組《くみ》の教室《きょうしつ》へと向《む》かった。

「やばい！」
ぼくたちはあわてて追《お》いかけた。
だけど、ライオンはひとっ飛《と》びで教室《きょうしつ》の前《まえ》にたどりつくと、

ガウッ！

ひと声鳴《こえな》いて、ドアを一撃《いちげき》でぶち破《やぶ》った。

ガッシャーーン！

「きゃあっ！」
ドアのガラスがわれる音《おと》と、さくらの悲鳴《ひめい》が同時《どうじ》に聞《き》こえる。
ぼくはたいまつを手《て》に、めちゃくちゃになったドアから飛《と》びこんだ。

グウウウウゥゥ！

教室《きょうしつ》のすみで、さくらが蓮《れん》を抱《だ》きしめながらふるえている。

「こいつ！」

ぼくのあとから、教室《きょうしつ》にかけこんできた翔太《しょうた》が、ほとんど消《き》えかかっているモップのたいまつで、ライオンになぐりかかった。


バキッ！


モップが音《おと》を立《た》てて真《ま》っぷたつに折《お》れた。

翔太《しょうた》がぼう然《ぜん》としていると、ライオンが前足《まえあし》を軽《かる》くふった。

それだけで、翔太《しょうた》はモップごと、教室《きょうしつ》のすみにふっ飛《と》んだ。

ライオンが、蓮《れん》たちにゆっくりと近《ちか》づく。

かけよろうとしたぼくは、とつぜんうしろからなにかに追突《ついとつ》されて、その場《ば》にころがった。

なんとかたいまつを落《お》とさずに体《からだ》を起《お》こすと、目《め》の前《まえ》で子供《こども》のライオン――それでも大《おお》きな犬《いぬ》ぐらいはある――が、低《ひく》くうなっていた。

「兄《にい》ちゃ……ん……」

蓮《れん》の声《こえ》に顔《かお》を向《む》けると、オスライオンが大《おお》きな口《くち》に蓮《れん》をぶらさげながら、ドアからでていこうとしているところだった。

シャツのすそとズボンの腰《こし》のあたりを、がっしりとくわえられて、蓮《れん》はぐったりとしている。

「蓮《れん》！」

ぼくは子《こ》ライオンの横《よこ》をすりぬけるようにして、あとを追《お》った。

シャッターの前《まえ》では、陽《ひ》菜《な》と光《ひかる》がモップとたいまつをふりまわしていた。

腰《こし》ぐらいの高《たか》さで、シャッターがあがったりさがったりを繰《く》り返《かえ》していて、その下《した》からメスライオンが、うなり声《ごえ》をあげながらはいってこようとしている。

「蓮《れん》くん！」

陽《ひ》菜《な》が、オスライオンに気《き》づいて悲《ひ》鳴《めい》をあげた。

オスライオンの姿《すがた》を見《み》て、メスライオンたちはうなり声《ごえ》を止《と》めると、階《かい》段《だん》のほうに戻《もど》っていった。

さっきぼくをおそった子《こ》ライオンも、ぼくたちのそばをすりぬけて、シャッターのむこうへと走《はし》り去《さ》っていく。

光《ひかる》はオスライオンにたいまつを突《つ》きつけたけど、蓮《れん》を人質《ひとじち》にとられているので、火《ひ》を近《ちか》づけることができない。

そのまま、ゆうゆうと立《た》ち去《さ》ろうとするオスライオンに、

「待《ま》て！」

ぼくはうしろから呼《よ》びかけた。

「蓮《れん》を返《かえ》せ！」

ライオンが足《あし》を止《と》めて、ゆっくりとふり返《かえ》る。

ぼくは怖《こわ》かったけど、体《からだ》のふるえを必死《ひっし》でおさえこんで、ライオンと向《む》かいあった。

すると、ライオンはぼくの目《め》をじっと見《み》つめて、のどの奥《おく》からみじかく声《こえ》をだした。

グウウゥゥ……グウゥ

鼓膜《こまく》がびりびりとふるえるような重低音《じゅうていおん》のうなり声《ごえ》に、ぼくは背筋《せすじ》がゾクッとなったけど、同時《どうじ》に（え？）と思《おも》った。

ぼくが混乱《こんらん》していると、とつぜんライオンが苦《くる》しそうにうめき声《ごえ》をあげた。

よく見《み》ると、ライオンの耳《みみ》につけられた機械《きかい》のランプが点滅《てんめつ》して、ピー――という甲《かん》高《だか》い音《おと》がかすかに聞《き》こえてくる。

「どうしたんだ？」

光《ひかる》が目《め》をほそめてライオンを見《み》つめた。

ライオンは逃《に》げるようにして、シャッターのむこうへと姿《すがた》を消《け》した。

ぼくは身動《みうご》きできずに、その姿《すがた》を見送《みおく》った。

さっき聞《き》こえた言葉《ことば》が、まだ耳《みみ》の奥《おく》に残《のこ》っている。

ぼくの呼《よ》びかけに、ライオンはふり返《かえ》ると、ぼくにだけわかる言葉《ことば》でこういったのだ。

（タスケテ）

ギイギイという音《おと》に、ふと顔《かお》をあげると、光《ひかる》がシャッターの〈▼〉ボタンを押《お》していた。

「おい、なにするんだよ。まだ蓮《れん》が……」

つかみかかろうとするぼくの腕《うで》を、陽菜《ひな》がつかんだ。

「大地《だいち》、落《お》ちつこう」

そういって、悔《くや》しそうに足《あし》もとに目《め》を落《お》とす。

そこにころがっているのは、火《ひ》が消《き》えて、先《さき》の部分《ぶぶん》が真《ま》っ黒《くろ》に焼《や》けこげた、ただの木《き》の棒《ぼう》だった。

たしかに、この状態《じょうたい》でライオンやハイエナにおそわれたら、助《たす》けにいく以前《いぜん》に、こっちが全滅《ぜんめつ》してしまう。

ぼくは急《きゅう》に力《ちから》がぬけて、ガシャン、と音《おと》を立《た》ててシャッターが閉《し》まると同時《どうじ》に、その場《ば》に座《すわ》りこんだ。

それから、ゆるゆると立《た》ちあがって教室《きょうしつ》に戻《もど》ると、翔太《しょうた》のそばにさくらが心配《しんぱい》そうな顔《かお》でつきそっていた。

「だいじょうぶか？」

ぼくが声《こえ》をかけると、翔太《しょうた》は顔《かお》をしかめながら、「ああ」と小《ちい》さくうなずいた。

「悪《わる》かったな。弟《おとうと》を守《まも》ってやれなかった」

「いや……」

ぼくはだまって首《くび》をふった。

相手《あいて》は百獣《ひゃくじゅう》の王《おう》、ライオンなのだ。

子供《こども》がなん人《にん》あつまったところで、勝《か》てるわけがない。

救《すく》いなのは、いまのところ、ライオンに蓮《れん》を傷《きず》つける様子《ようす》がなかったことだった。

その気《き》になれば、そのするどい爪《つめ》と牙《きば》で、蓮《れん》を——いや、ぼくたち全員《ぜんいん》をひき裂《さ》くことをできたのに、さっきも蓮《れん》の体《からだ》を傷《きず》つけないように、服《ふく》をくわえて連《つ》れ去《さ》っていった。

いったい、相手《あいて》の目的《もくてき》はなんなんだろう——。


キーンコーンカーンコーン……

そのとき、とつぜん聞《き》きなれたチャイムの音《おと》が校内《こうない》に響《ひび》きわたった。

ぼくたちが顔《かお》を見《み》あわせていると、スピーカーから男《おとこ》の人《ひと》の声《こえ》が流《なが》れてきた。

「せっかく立入禁止《たちいりきんし》にしてたのに、はいってきたらだめじゃないか」

その、人《ひと》をばかにしたような口調《くちょう》に、ぼくはカッとなって、火《ひ》の消《き》えたたいまつをスピーカーに投《な》げつけた。

「ふざけるな！　蓮《れん》を返《かえ》せ！」

すると、相手《あいて》は**「くっくっくっ……」**とのどの奥《おく》で笑《わら》い声《ごえ》を立《た》てた。

「心配《しんぱい》しなくても、ちゃんと返《かえ》してあげるよ。ただし、条件《じょうけん》がある。お兄《にい》さんがひとりで迎《むか》えにくること。いいね？」

笑《わら》いを含《ふく》んだようなその声《こえ》のうしろで、かすかにグスグスと泣《な》き声《ごえ》が聞《き》こえる。どうやら、いまのところ蓮《れん》は無事《ぶじ》のようだ。

「制限時間《せいげんじかん》は5分間《ふんかん》。5分《ふん》をすぎたら、シャッターを全部《ぜんぶ》あけさせてもらうよ。弟《おとうと》とお友《とも》だちを守《まも》りたいなら、条件《じょうけん》を守《まも》るんだね」

声《こえ》は言《い》いたいことだけいうと、プッ、と音《おと》を立《た》てて、一方的《いっぽうてき》に放送《ほうそう》をきった。

「蓮《れん》……」

ぼくは両手《りょうて》をにぎりしめて、黒板《こくばん》のうえのスピーカーをにらみつけた。

教室《きょうしつ》のなかに、沈黙《ちんもく》がおりる。

「ねえ……」

沈黙《ちんもく》を破《やぶ》ったのは、さくらだった。

「いまのって、木村先生《きむらせんせい》の声《こえ》だったよね」

「あいつ、いったいなに者《もの》なんだよ」

翔太《しょうた》がはきすてるようにいった。

クラス担任《たんにん》をもっていないせいもあって、授業時間以外《じゅぎょうじかんいがい》で言葉《ことば》をかわした記憶《きおく》はない。

いつも白衣《はくい》にほそい銀縁《ぎんぶち》の眼鏡《めがね》をかけていて、クールでかっこいいという女子《じょし》もいれば、冷《つめ》たそうで好《す》きになれないという子《こ》もいる。

ぼくはもちろん、最高《さいこう》に腹《はら》が立《た》っていた。

動物《どうぶつ》を使《つか》ってぼくたちをおそってきたことや、蓮《れん》を連《つ》れ去《さ》っていったこともだけど、なによりも、動物《どうぶつ》の気《き》もちを考《かんが》えずに、ムリやりしたがわせようとしていることが、一番《いちばん》ゆるせなかった。

「そういえば、さっき、ライオンの耳《みみ》に機械《きかい》がついてなかったか？」

光《ひかる》がぼくを見《み》て、いった。

ぼくはうなずいて、自分《じぶん》の推理《すいり》――ライオンにはイヤホンを使《つか》って、リスたちにはスピーカーをつうじて、音《おと》で動物《どうぶつ》たちをコントロールしてるんじゃないか――を、みんなに話《はな》した。

「そんなことが可能《かのう》なのかしら……」

さくらが、うたがっているというよりも、信《しん》じたくないという口調《くちょう》でつぶやいた。

「可能《かのう》かも」

こたえたのは陽菜《ひな》だった。

「動物《どうぶつ》の耳《みみ》って、わたしたちよりもずっと繊細《せんさい》にできてるから、音《おと》の周波数《しゅうはすう》をちょっと変《か》えただけでも、ちゃんと聞《き》きわけることができるの。だから、音《おと》の高《たか》さとか長《なが》さごとに繰《く》り返《かえ》し訓練《くんれん》すれば、音《おと》だけで命令《めいれい》できるようになるかもしれない」

「それじゃあ、あの子《こ》たちはムリやり命令《めいれい》されて、わたしたちをおそったの？」

さくらが悲《かな》しそうな表情《ひょうじょう》でいった。

「どうしてそんなことを……」

「たぶん、実験《じっけん》じゃないかな」

「実験《じっけん》？」

聞《き》き返《かえ》すさくらに、ぼくは「うん」とうなずいた。

「さっき木村先生《きむらせんせい》もいってたけど、立入禁止《たちいりきんし》の学校《がっこう》にぼくたちがきたことは、予想外《よそうがい》だったと思《おも》うんだ。だから、本当《ほんとう》ならここにいるのは、木村先生《きむらせんせい》と青《あお》い作業着《さぎょうぎ》の男《おとこ》たち、それから動物《どうぶつ》たちだけだったはずだ。それなのに、機械《きかい》が耳《みみ》につけられてたり、スピーカーから音《おと》が流《なが》れてきたっていうことは、はじめから動物《どうぶつ》たちが命令通《めいれいどお》りに動《うご》くか実験《じっけん》するつもりだったんじゃないかな」

「それじゃあ、体育館《たいいくかん》の工事《こうじ》っていうのも、全部《ぜんぶ》うそだったわけだ」

翔太《しょうた》がけわしい表情《ひょうじょう》でいった。

「それで、どうするの？」

陽菜《ひな》がいまにも泣《な》きだしそうな顔《かお》でぼくを見《み》た。

「もちろん、蓮《れん》を迎《むか》えにいく」

ぼくはすぐにこたえた。

「おれもいくよ」

翔太《しょうた》が1歩《ぽ》進《すす》みでたけど、

「だめだよ。ひとりでこいっていってただろ」

ぼくは首《くび》を横《よこ》にふった。

「そんなの、ばれるわけ……」

「ばれるよ」

ぼくは翔太《しょうた》の目《め》を見《み》ていった。

「さっき、スピーカーのむこうと会話《かいわ》ができてただろ?」

ぼくの言葉《ことば》に、翔太《しょうた》がハッとした表情《ひょうじょう》で、黒板《こくばん》のうえのスピーカーを見《み》あげた。

「そういえば……」

ぼくがさっき「蓮《れん》を返《かえ》せ」といったら「心配《しんぱい》しなくても、ちゃんと返《かえ》してあげるよ」といってきた。

つまり、この教室《きょうしつ》にはカメラかマイクが仕《し》かけられているということだ。

たぶん、ここだけではなく、あちこちの教室《きょうしつ》やろうかに仕《し》かけられているのだろう。

「たぶんそれも、元々《もともと》は、ぼくたちの行動《こうどう》を監視《かんし》するためじゃなく、動物《どうぶつ》たちの動《うご》きを監《かん》視《し》したり、記録《きろく》するためのものだったんじゃないかな」

「要《よう》するに、学校全体《がっこうぜんたい》が巨大《きょだい》な実験場《じっけんじょう》だったってわけか」

翔太《しょうた》が拳《こぶし》をにぎりしめながらいった。

学校全体《がっこうぜんたい》がぐるなのか、それとも学校《がっこう》もだまされているのかはわからないけど、少《すく》なくとも、黒幕《くろまく》が木村先生《きむらせんせい》というのはまちがいなさそうだ。

「でも、ひとりでいくのは、さすがにやばいだろ」

光《ひかる》が顔《かお》をしかめていった。

「相手《あいて》はライオンにハイエナに……」

「それだけいたら、ぼくたちが全員《ぜんいん》でいっても一緒《いっしょ》だって」

苦笑《にがわら》いをうかべながらぼくがいうと、光《ひかる》はぐっと言葉《ことば》につまった。

たしかに、ひとりでいくのは怖《こわ》い。

だけど、ぼくたちが全員《ぜんいん》でいったところで、あのオスライオン1頭《とう》にもかなわないだろう。

それに――ぼくは、去《さ》り際《ぎわ》にライオンが残《のこ》した言葉《ことば》が気《き》になっていた。
あのライオンは、蓮《れん》をくわえたまま、ぼくに向《む》かってこういったのだ。

（タスケテ）


『動物《どうぶつ》の耳《みみ》』をもったぼくには、その言葉《ことば》の意味《いみ》をたしかめる責任《せきにん》があった。

「だったら、せめて……」

陽菜《ひな》が足《あし》もとに視線《しせん》を落《お》とすと、グレイがぼくを見《み》あげて、「ワンッ！」と元気《げんき》よく鳴《な》いた。

「たしかに、こいつを連《つ》れていっても、ひとりには変《か》わらないもんな」

ぼくはニヤリと笑《わら》って、グレイを抱《だ》きあげた。

5 学《がっ》校《こう》からの脱《だっ》出《しゅつ》

ガシャンッ！

シャッターが背後《はいご》で完全《かんぜん》に閉《し》まりきると、ぼくはグレイと一緒《いっしょ》に階段《かいだん》をのぼりはじめた。

一応《いちおう》、教室《きょうしつ》のカーテンをモップの先《さき》にまいてつくった即席《そくせき》のたいまつをもって、ポケットにはいつでも火《ひ》がつけられるように、家庭科室《かていかしつ》からもってきたマッチがはいっている。

ぼくたちが向《む》かっているのは、西校舎《にしこうしゃ》の３階《がい》にある放送室《ほうそうしつ》だった。

スピーカーから声《こえ》が聞《き》こえてくる以上《いじょう》、蓮《れん》がいるのはそこ以外《いがい》考《かんが》えられない。

たぶん、動物《どうぶつ》たちが待《ま》ちかまえているだろうけど、わかっていてもいくしかなかった。

「ふぅ……」

薄暗《うすぐら》い階段《かいだん》の踊《おど》り場《ば》で、ふと足《あし》を止《と》めてぼくはため息《いき》をついた。

「蓮《れん》はだいじょうぶかな……」

すると、ぼくの足《あし》もとでグレイが「ワンワンッ！」と鳴《な》いた。

(ダイジョウブ。キットブジ)

「え？」

まるでぼくのつぶやきを理解《りかい》したようなその台詞《せりふ》に、ぼくは思《おも》わずグレイの顔《かお》を見《み》た。

グレイはぼくを見《み》あげて、さらに「ワンワンッ」と鳴《な》いた。

(ライオン、ホントハヤサシイ。ダイジョウブ)

ぼくはあらためて、グレイの顔《かお》をまじまじと見《み》つめた。

学校《がっこう》に偶然《ぐうぜん》まぎれこんだ野良犬《のらいぬ》だと思《おも》っていたけど、考《かんが》えてみれば、青《あお》い作業着《さぎょうぎ》の男《おとこ》たちと無関係《むかんけい》だという保証《ほしょう》はどこにもない。

ぼくはじっとグレイの目《め》をのぞきこんで、語《かた》りかけた。

「おまえはなに者《もの》なんだ？」

グレイはしばらく、だまってぼくの顔《かお》を見《み》かえしていたけど、ぼくの気《き》もちが伝《つた》わったのか、階段《かいだん》をのぼりながら、少《すこ》しずつ自分《じぶん》のことを話《はな》しだした。

もちろん、人《ひと》が話《はな》すみたいに、ちゃんとした文章《ぶんしょう》になってるわけじゃないけど、聞《き》きとれた内容《ないよう》をまとめると、だいたいこんな感《かん》じだった。

（ボクハミカタ）

（ワルイニンゲン、イル）

（ニゲテキタ）

要《よう》するに、グレイは元々《もともと》あいつらにとらえられていたけど、悪《わる》い人間《にんげん》から逃《に》げてきて、いまはぼくたちの味《み》かたをしている、といいたいらしい。

たしかに、よく見《み》るとグレイの耳《みみ》のあたりには、機械《きかい》の跡《あと》が残《のこ》っていた。

ライオンたちと同《おな》じ機械《きかい》をつけられて、命令《めいれい》を聞《き》くよう、訓練《くんれん》されていたのだろう。

グレイと言葉《ことば》がつうじたことで、ぼくは少《すこ》し気《き》もちが楽《らく》になった。

もちろん、子供《こども》ひとりと子犬《こいぬ》1匹《ぴき》では、ライオンやハイエナたちに勝《か》てるわけがないけど、べつに倒《たお》しにいくわけじゃないし、蓮《れん》を連《つ》れて逃《に》げだすくらいなら、なんとかなるかもしれない。

階段《かいだん》をのぼりきって、そっとろうかに顔《かお》をだすと、動物《どうぶつ》たちの姿《すがた》はなかった。

それでも、一応《いちおう》モップの先《さき》に火《ひ》をつけて、ぼくたちは放送室《ほうそうしつ》の前《まえ》まで一気《いっき》にかけぬけた。

ドアには鍵《かぎ》はかかっていなかった。

ぼくは大《おお》きく深呼吸《しんこきゅう》をすると、いきおいよくドアをあけて、部屋《へや》のなかに飛《と》びこんだ。

「蓮《れん》！」

窓《まど》のない放送室《ほうそうしつ》は、暗《くら》くてシンとしずまり返《かえ》っている。

たいまつをかざして、部屋《へや》のすみずみまで見《み》まわしたけど、だれもいる気配《けはい》はない。

ぼくが部屋《へや》の真《ま》ん中《なか》でぼう然《ぜん》としていると、

「クックックッ……」

放送室《ほうそうしつ》のスピーカーから、聞《き》き覚《おぼ》えのある笑《わら》い声《ごえ》が流《なが》れてきた。

「残念《ざんねん》だったね」

木村先生《きむらせんせい》の声《こえ》だ。

「ちゃんとぼくがいるこの場所《ばしょ》にきていたら、蓮《れん》くんを返《かえ》してあげようと思《おも》ってたのに」

「蓮《れん》を返《かえ》せっ！」

ぼくは大声《おおごえ》で怒鳴《どな》ったけど、その声《こえ》は放送室《ほうそうしつ》の防音壁《ぼうおんへき》にすいこまれていった。

どうやら、蓮《れん》がとらわれているのは、この部屋《へや》じゃなかったようだ。

だけど、先生《せんせい》の声《こえ》はたしかに校内放送用《こうないほうそうよう》のスピーカーから聞《き》こえている。

それじゃあ、蓮《れん》はいったいどこに……ぼくが混乱《こんらん》していると、グレイが「ワンッ！　ワンッ！」とはげしくほえた。

（ニゲロ！　ハヤク！）

ハッと我《われ》に返《かえ》って、ろうかに戻《もど》ると、すでにメスライオンやハイエナたちが、ろうかの左右《さゆう》から迫《せま》ってきていた。

グレイが（ヤメロ！　メヲサマセ！）とほえるけど、なんの反応《はんのう》も見《み》せない。

よく見《み》ると、動物《どうぶつ》たちの耳《みみ》の機械《きかい》が、小刻《こきざ》みに点滅《てんめつ》していた。

きっと、木村先生《きむらせんせい》から指示《しじ》がでているのだろう。

たいまつを左右《さゆう》に向《む》けながら、どうやってこの場《ば》を逃《のが》れようかと思《おも》っていると、とつぜんライオンたちがろうかの両《りょう》はしにわかれて道《みち》をつくった。

あのオスライオンが、真《ま》ん中《なか》を堂々《どうどう》と歩《ある》いてくる。

その威厳《いげん》と迫力《はくりょく》に、ぼくはごくりとつばを飲《の》みこむと、じりじりとあとずさった。

たいまつの炎《ほのお》と緊張《きんちょう》のせいで、汗《あせ》が滝《たき》のように流《なが》れてくる。

グレイも「ガウゥゥ」とうなってはいるけど、さすがに恐《おそ》ろしいのか、ぼくと一緒《いっしょ》に少《すこ》しずつさがってくる。

ぼくは大《おお》きく深呼吸《しんこきゅう》をすると、たいまつを前《まえ》に突《つ》きだしながら、足《あし》を1歩前《ぽまえ》にふみだした。

「ワンッ！」

グレイが（アブナイ！）と声《こえ》をあげる。

だけどぼくは、かまわず足《あし》を前《まえ》に進《すす》めた。


（オソエオソエオソエ……）


ライオンは、低《ひく》い声《こえ》でうなっている。

だけど、なんだかその声《こえ》には、気《き》もちがこもっていないような気《き》がした。

まるで、だれかにムリやりいわされているみたいだ。

たいまつの火《ひ》が、じょじょに小《ちい》さくなっていく。

ぼくは、完全《かんぜん》に火《ひ》が消《き》えてしまったモップをろうかにほうりだすと、なにももたずにライオンに近《ちか》づいた。

ライオンがその気《き》になれば、簡単《かんたん》にかみつける距離《きょり》だ。

怖《こわ》い。

めちゃくちゃ怖《こわ》い。

体中《からだじゅう》の血《ち》が冷《つめ》たくなって、足《あし》がはげしくふるえる。

それでも、ぼくは逃《に》げなかった。

ライオンが、まっすぐにぼくをにらみつける。

ぼくは負《ま》けずににらみ返《かえ》した。

「ガウッ！」

グレイがぼくの前《まえ》にでてライオンを威嚇《いかく》しようとするけど、ぼくは手《て》で止《と》めた。

「だいじょうぶ」

さっき、ライオンはたしかに、ぼくに助《たす》けを求《もと》めていたのだ。

逃《に》げだしたくなる体《からだ》を気《き》もちで押《お》さえつけて、ぼくはさらに1歩《ぽ》、足《あし》をふみだした。

手《て》がライオンのたてがみにふれる。

つぎの瞬間《しゅんかん》、ライオンがとつぜんうしろ足《あし》で立《た》ちあがったかと思《おも》うと、前足《まえあし》をぼくの肩《かた》にかけて、そのまま押《お》し倒《たお》してきた。

真《ま》っ赤《か》な口《くち》が、目《め》の前《まえ》に迫《せま》る。

ガオオオオ……

「うわあっ！」

ろうかにしりもちをつきながら、ぼくはこらえきれずに悲鳴《ひめい》をあげて、目《め》を閉《と》じた。

蓮《れん》、ごめん。助《たす》けられなかった。ここでぼくがやられたら、蓮《れん》や、教室《きょうしつ》で待《ま》ってるみんなはどうなるんだろう……いろいろな思《おも》いが頭《あたま》をめぐる。だけど、しばらく経《た》っても、なにも起《お》こらなかった。

不思議《ふしぎ》に思《おも》って目《め》をあけると、ライオンはぼくの顔《かお》を、ざらざらの舌《した》でなめだした。

「うわっ……ちょ、ちょっと……」

ぼくがおどろいていると、ライオンは「ガウガウ…ガウ…」と、低《ひく》い声《こえ》で話《はな》しかけてきた。


（ダイチ……トモダチ……）


「——え？」

混乱《こんらん》しているぼくの顔《かお》を、ライオンはじっと見《み》つめる。

そのつぶらな瞳《ひとみ》を見《み》ているうちに、ぼくの記《き》憶《おく》もよみがえってきた。

「おまえ……もしかして、レオか？」

ぼくが話《はな》しかけると、言葉《ことば》がつうじたのか、さらにいきおいよくぼくの顔《かお》をなめだした。


「レオ！」


ぼくは大《おお》きな頭《あたま》を抱《だ》きしめた。

目《め》の前《まえ》にいる立派《りっぱ》なオスライオンは、赤《あか》ちゃんライオンのレオだったのだ。

「おまえ、こんなに大《おお》きくなったのか」

ぼくがレオの頭《あたま》をなでまわしていると、階段《かいだん》のむこうからシャッターが開《ひら》く音《おと》がして、陽菜《ひな》たちが3階《がい》にかけこんできた。

「大地《だいち》、だいじょうぶ？」

たいまつを手《て》にした陽菜《ひな》は、仲《なか》よく抱《だ》きあっているぼくたちの姿《すがた》に、ぼう然《ぜん》と立《た》ち尽《つ》くした。

陽菜《ひな》のうしろで、翔太《しょうた》たちも目《め》をまるくしている。

ぼくはみんなに、「赤《あか》ちゃんのころからよく知《し》っているライオンで、ぼくにすごくなついてるんだ」と説明《せつめい》した。

そして、レオの耳《みみ》からイヤホンをもぎとると、レオとみんなに協力《きょうりょく》してもらって、ほかのライオンやハイエナたちのイヤホンもすべてはずした。

「でも、放送室《ほうそうしつ》じゃなかったら、蓮《れん》くんはどこにいるの？」

作業《さぎょう》がひととおり終《お》わると、陽菜《ひな》が聞《き》いた。

「それなんだけど……」

ぼくは、みんなの顔《かお》を見《み》ながら口《くち》を開《ひら》いた。

※

カーテンを閉《し》めきった、薄暗《うすぐら》い部屋《へや》のかたすみで、蓮《れん》はグスグスと泣《な》き声《ごえ》をあげていた。

そのそばでは、1頭《とう》の大《おお》きなハイエナが、蓮《れん》をじっと見張《みは》っていた。

部屋《へや》の奥《おく》には大《おお》きな机《つくえ》があって、そのうえにはなん台《だい》ものノートパソコンと、黒《くろ》い箱形《はこがた》の機械《きかい》がならんでいる。

そして、机《つくえ》の前《まえ》では、ほそい銀縁眼鏡《ぎんぶちめがね》をかけた白衣《はくい》の男《おとこ》が、革《かわ》ばりの立派《りっぱ》な椅子《いす》で足《あし》を組《く》んで、楽《たの》しそうにパソコンの画面《がめん》を見《み》つめていた。


「うわあっ！」


画面《がめん》から聞《き》こえてきた悲鳴《ひめい》に、蓮《れん》はビクッと肩《かた》をふるわせた。

男《おとこ》はニヤニヤと笑《わら》っていたが、急《きゅう》に表情《ひょうじょう》をくもらせると、けわしい顔《かお》でパソコンをにらみつけた。

そして、急《きゅう》に立《た》ちあがると、蓮《れん》の腕《うで》をつかんで、ムリやりひっぱった。

「こいっ！」

「やだっ！」

あばれる蓮《れん》を、ドアの前《まえ》までひきずって、ノブに手《て》をかけようとしたそのとき、ドアが外《そと》からいきおいよくあけられた。

「蓮《れん》！　だいじょうぶか！」

ぼくが部屋《へや》に飛《と》びこむと、蓮《れん》は顔《かお》をくしゃくしゃにして、ぼくの胸《むね》に飛《と》びこんできた。

「兄《にい》ちゃん！」

「よくがんばったな、蓮《れん》」

ぼくは蓮《れん》をしっかりと抱《だ》きしめると、部屋《へや》のなかへと足《あし》をふみいれた。

白衣姿《はくいすがた》の木村先生《きむらせんせい》が、気《け》おされたように1歩《ぽ》さがって、ふてぶてしい表情《ひょうじょう》でぼくをにらみつけた。

「よくここがわかったな」

唇《くちびる》のはしに笑《え》みをうかべながら、先生《せんせい》はいった。

「ここにも放送設備《ほうそうせつび》があることを思《おも》いだしたんです」

ぼくはそういって、校長室《こうちょうしつ》のなかを見《み》まわした。

雨《あめ》の日《ひ》の全校集会《ぜんこうしゅうかい》や緊急連絡用《きんきゅうれんらくよう》に、校長室《こうちょうしつ》からも校内放送《こうないほうそう》ができるようになっているのだ。

部屋《へや》にはいってきたレオが、あまえるように、ぼくの肩《かた》に頭《あたま》をこすりつけてくる。

それを見《み》て、蓮《れん》が目《め》をまるくして聞《き》いた。

「え？　どうして？」

ぼくはニヤリと笑《わら》うと、

「友《とも》だちなんだ」

そういって、レオの頭《あたま》に手《て》をやった。

ガウウッ

レオが蓮《れん》に（ヨロシク）とあいさつをする。

そんなぼくたちのやりとりを、木村先生《きむらせんせい》は苦々《にがにが》しげに見《み》つめていた。

「先生《せんせい》」

ぼくのあとからはいってきた陽菜《ひな》が、悲《かな》しさと怒《いか》りがいりまじったような声《こえ》でいった。

「これはいったい、どういうことなんですか？　先生《せんせい》は本物《ほんもの》の先生《せんせい》じゃなかったんですか？」

「正真正銘《しょうしんしょうめい》、本物《ほんもの》の先生《せんせい》だよ。なんなら教員免許《きょういんめんきょ》を見《み》せようか？」

木村先生《きむらせんせい》はおどけた口調《くちょう》でいって、肩《かた》をすくめた。

「みんな、なにを怒《おこ》ってるんだい？　だれかが死《し》んだわけでも、大《おお》きなケガをしたわけでもないだろ？　せっかく学校《がっこう》を立入禁止《たちいりきんし》にしたのに、無断《むだん》ではいってくるから、ついでにちょっとデータをあつめるのに協力《きょうりょく》してもらっただけじゃないか」

「データ？」

ぼくはまゆをよせてつめよった。

「これはやっぱり、なにかの実験《じっけん》だったんですか？」

「おっと、これ以上《いじょう》は企業秘密《きぎょうひみつ》だよ」

先生《せんせい》は悪《わる》びれた様子《ようす》もなく、片方《かたほう》のまゆをあげていった。

そのとなりでは大《おお》きなハイエナが、こちらを威嚇《いかく》するように低《ひく》くうなっている。

「ふざけるなっ！」


ぼくは蓮《れん》を陽菜《ひな》にまかせると、たたきつけるようにいった。

ぼくのいきおいに気《け》おされたように、先生《せんせい》が口《くち》をつぐむ。

「動物《どうぶつ》の気《き》もちを、なんだと思《おも》ってるんだ！　ムリやり命令《めいれい》にしたがわされて、こいつらがどれだけ苦《くる》しんでるのか、わかってるのか！」

「知《し》らないね」

先生《せんせい》は眼鏡《めがね》の奥《おく》で、すっと目《め》をほそめた。

「動物《どうぶつ》は、ただの実験道具《じっけんどうぐ》だよ。それ以外《いがい》の、なにものでもない」

そして、じとりとした目《め》でぼくをにらむと、机《つくえ》の前《まえ》の革《かわ》ばりの椅子《いす》に座《すわ》った。

「きみのもっているおもしろそうな力《ちから》も、調《しら》べてみたかったんだけどね……残念《ざんねん》だよ」

そういって、黒《くろ》い機械《きかい》に手《て》をのばす先生《せんせい》に、

「命令《めいれい》をだしても無駄《むだ》ですよ」

ぼくはいった。

「耳《みみ》の機械《きかい》は、全部《ぜんぶ》はずしましたから」

「ふうん。手《て》まわしがいいね」

先生《せんせい》は黒《くろ》い機械《きかい》から手《て》を離《はな》すと、立《た》ちあがって、白衣《はくい》のポケットに手《て》をいれた。

まさか、拳銃《けんじゅう》か？

ぼくたちが緊張《きんちょう》するなか、先生《せんせい》がゆっくりとりだしたのは——小《ちい》さな笛《ふえ》だった。

たて笛《ぶえ》の、口《くち》の部分《ぶぶん》だけをとりはずしたような形《かたち》をしている。

なんだろう、と思《おも》うひまもなく、先生《せんせい》は口《くち》にくわえて笛《ふえ》をふいた。

ピー——————ッ

グオオオオォォ……


レオが苦《くる》しそうに頭《あたま》をふりながら、おたけびをあげる。

ふり返《かえ》ると、ほかの動物《どうぶつ》たちも、うめきながら身《み》をよじっている。

「これは小《ちい》さいけど高性能《こうせいのう》でね。スイッチひとつで、いろいろな音《おと》をふきわけられるんだ」

木村先生《きむらせんせい》は冷《つめ》たい笑《え》みをうかべながらそういうと、さらに大《おお》きな音《おと》で笛《ふえ》をふきながら、校長室《こうちょうしつ》を飛《と》びだした。

ピー――――ッ

動物《どうぶつ》たちが、先生《せんせい》のあとにぞろぞろとついていく。

耳《みみ》の機械《きかい》をはずしても、直接音《ちょくせつおと》をならされたら、どうしようもない。

ぼくたちが、先生《せんせい》を追《お》いかけようとしたとき、1頭《とう》のハイエナが陽菜《ひな》に飛《と》びかかった。

「あぶない！」

ぼくは手《て》をのばしてさけんだ。

まにあわない！

そのするどい牙《きば》が陽菜《ひな》の体《からだ》にとどく寸前《すんぜん》、グレイがハイエナの横腹《よこばら》に、思《おも》いきり体《たい》あたりをした。

ハイエナが床《ゆか》にころがり、翔太《しょうた》たちが先生《せんせい》のあとを追《お》って校舎《こうしゃ》をでていく。

「グレイ、ありがとう」

ぼくが声《こえ》をかけると、グレイは首《くび》をふって、(ライオン、タスケテアゲテ)とほえた。

そして、翔太《しょうた》たちのあとを追《お》って、校舎《こうしゃ》を飛《と》びだした。

ぼくはレオを見《み》た。

先生《せんせい》がいなくなって、笛《ふえ》の音《おと》はやんでいるのに、なんだかまだ苦《くる》しそうだ。

きっと、さっきの笛《ふえ》で、ぼくたちを攻撃《こうげき》するよう命令《めいれい》を受《う》けてしまったのだろう。

「大地《だいち》、あぶないわよ!」

陽菜《ひな》の悲鳴《ひめい》を聞《き》きながら、ぼくはレオにゆっくりと手《て》をのばすと、その頭《あたま》をなでて、しずかに語《かた》りかけた。

「レオ、だいじょうぶだ。落《お》ちついて。ここにはあいつはいない。おまえはもう、だれの命令《めいれい》も受《う》けなくていいんだ……」

すると、レオはだんだんおとなしくなって、その場《ば》にぺたんと腰《こし》をおろした。

そのとき、扉《とびら》のむこうで車《くるま》の走《はし》りだす音《おと》がしたので、ぼくはレオと一緒《いっしょ》に校舎《こうしゃ》をでた。

校庭《こうてい》に停《と》まっていた大《おお》きな車《くるま》が、動物《どうぶつ》たちを乗《の》せて、次々《つぎつぎ》と門《もん》から走《はし》り去《さ》っていく。

木村先生《きむらせんせい》は校庭《こうてい》の真《ま》ん中《なか》に立《た》って、数頭《すうとう》のライオンとハイエナたちをしたがえていた。

動物《どうぶつ》たちの耳《みみ》に、イヤホンはついていなかったけど、先生《せんせい》の手《て》にはあの笛《ふえ》があるから、いつおそいかかってくるかわからない。

翔太《しょうた》たちは、校舎《こうしゃ》をでたところで釘《くぎ》づけになっていた。

先生《せんせい》は、ニヤリと笑《わら》って笛《ふえ》を口《くち》もとにかまえると、

「いけ！」

号令《ごうれい》をかけて、思《おも》いきり笛《ふえ》をふいた。

動物《どうぶつ》たちが、いっせいに飛《と》びかかってくる。

いったん校舎《こうしゃ》に逃《に》げようかと思《おも》ったそのとき、

ガオオオオオオォォオッ！


空気《くうき》が爆発《ばくはつ》したような咆哮《ほうこう》が、レオの口《くち》からとどろいた。

校舎《こうしゃ》がびりびりとふるえ、ぼくたちの体《からだ》がゆれる。

動物《どうぶつ》たちも、その迫力《はくりょく》に恐《おそ》れをなしたのか、ぼくたちのはるか手前《てまえ》で足《あし》を止《と》めた。

そのすきに、グレイが動物《どうぶつ》たちの足《あし》もとをすりぬけて、先生《せんせい》におそいかかった。


ガウッ！


笛《ふえ》をうばわれそうになった先生《せんせい》は、どこに隠《かく》しもっていたのか、警棒《けいぼう》のようなものでグレイをはじき飛《と》ばすと、もう一度《いちど》、さっきよりも高《たか》い音《おと》で笛《ふえ》をふいた。

ピ――――――ッ！

動物《どうぶつ》たちが苦《くる》しそうな声《こえ》をあげる。

そのうちのなん頭《とう》かは、レオにおびえながらも牙《きば》をむいて向《む》かってきた。

翔太《しょうた》と光《ひかる》が、先《さき》の焼《や》けこげたモップで応戦《おうせん》して、レオも手加減《てかげん》しながら相手《あいて》の攻撃《こうげき》をふせいでいる。

ぼくはとっさに、足《あし》もとに落《お》ちていた石《いし》をつかむと、先生《せんせい》に向《む》かって思《おも》いきり投《な》げつけた。

「いてっ！」

うまい具合《ぐあい》に手《て》に命中《めいちゅう》して、一瞬《いっしゅん》笛《ふえ》の音《おと》が止《と》まる。

翔太《しょうた》たちも、顔《かお》を見《み》あわせると、いっせいに石《いし》をひろって投《な》げだした。

たまらずに、先生《せんせい》が逃《に》げようとする。

ぼくがさらに狙《ねら》いを定《さだ》めて投《な》げようとしたとき、くいっ、とだれかがそでをひっぱった。

ふり返《かえ》ると、レオがぼくのそでをひっぱって、低《ひく》くほえる。

「わかった」

ぼくはうなずくと、レオのたてがみをつかんで、その背中《せなか》に飛《と》び乗《の》った。


「いけ――――っ!」


ぼくが前《まえ》を指《ゆび》さして号令《ごうれい》をかけると、レオが走《はし》りだした。

地面《じめん》のうえを、風《かぜ》をきってかけぬける。

あっというまに先生《せんせい》の前《まえ》までたどりつくと、そのままのいきおいで、ぼくは先生《せんせい》に飛《と》びかかった。

先生《せんせい》の手《て》から警棒《けいぼう》が落《お》ちる。

そのまま地面《じめん》に倒《たお》れこんで、笛《ふえ》をうばいとろうとするけど、先生《せんせい》も必死《ひっし》につかんで離《はな》そうとしない。

ぼくたちは砂《すな》ぼこりをあげながら、地面《じめん》をごろごろところがった。

先生《せんせい》が拳《こぶし》を固《かた》めてなぐりかかってきたので、ぼくはとっさに、避《よ》けずにそのまま突《つ》っこんだ。

「ぐわっ！」

拳《こぶし》に頭突《ずつ》きをくらった先生《せんせい》が、悲鳴《ひめい》をあげて大《おお》きくのけぞる。

そのすきに、ぼくは笛《ふえ》をうばいとった。

だけど、先生《せんせい》はさっきの警棒《けいぼう》をひろうと、ぼくの腕《うで》や背中《せなか》にふりおろした。

たまらず地面《じめん》にころがったぼくの手《て》から、笛《ふえ》がこぼれ落《お》ちる。

手《て》をのばそうとする先生《せんせい》の顔《かお》めがけて、ぼくは砂《すな》を思《おも》いきり投《な》げつけた。

「うわっ！」

目《め》に砂《すな》がはいって、よたよたとよろける先生《せんせい》のおなかに、肩《かた》から体《たい》あたりする。

「ぐえっ！」

口《くち》から舌《した》をだしながら、先生《せんせい》がその場《ば》に倒《たお》れる。

ぼくがさらに、助走《じょそう》をつけて頭《あたま》から突《つ》っこもうとしたとき、はげしく砂《すな》ぼこりをあげながら、1台《だい》の車《くるま》がぼくと先生《せんせい》のあいだにわってはいった。

「博士《はかせ》、早《はや》く乗《の》ってください！」

運転手《うんてんしゅ》の声《こえ》に、先生《せんせい》はよろけながら、車《くるま》の後部座席《こうぶざせき》に倒《たお》れこんだ。

バタン、とドアが閉《し》まる。

窓越《まどご》しに、憎《にく》しみのこもった目《め》つきでぼくをにらむ先生《せんせい》を乗《の》せて、車《くるま》はそのままスピードをあげながら、校門《こうもん》から走《はし》り去《さ》っていった。

残《のこ》された動物《どうぶつ》たちが、夢《ゆめ》から覚《さ》めたように、校庭《こうてい》にたたずんでいる。

「いてて……」

体《からだ》のあちこちが急《きゅう》に痛《いた》みだして、ぼくが顔《かお》をしかめていると、
（ダイチ）

だれかが、ぼくの名前《なまえ》を呼《よ》んだ。

ふらふらになりながらふり返《かえ》ると、レオが昔《むかし》と変《か》わらないやさしい目《め》で、じっとぼくを見《み》つめていた。


「レオ！」


ぼくが名前《なまえ》を呼《よ》ぶと、レオははずむような足《あし》どりで、ぼくの胸《むね》に飛《と》びこんできた。

そのはげしいいきおいに地面《じめん》に押《お》し倒《たお》されながら、ぼくはレオの頭《あたま》を抱《だ》きしめた。

「レオ……ありがとう。おかげで助《たす》かったよ」

ぼくがレオのたてがみをなでると、レオは気《き》もちよさそうにのどをならしながら、低《ひく》い声《こえ》でほえた。


(ダイチ……トモダチ……アイタカッタ)

「おれもだよ」

たてがみに顔《かお》をうずめるぼくの姿《すがた》を、少《すこ》し離《はな》れたところから、陽菜《ひな》たちがきょとんとした顔《かお》で見《み》つめていた。

エピローグ　うちに帰《かえ》ろう

「オーライオーライ……ストーップ！」
校門《こうもん》から、続々《ぞくぞく》と大《おお》きなトラックがはいってくる。
その荷台《にだい》には、太《ふと》い鉄格子《てつごうし》のはまった頑丈《がんじょう》な木箱《きばこ》が、いくつも固定《こてい》されていた。
動物園《どうぶつえん》などで使《つか》われる、動物運搬車《どうぶつうんぱんしゃ》だ。
緑《みどり》の作業着《さぎょうぎ》を着《き》た人《ひと》たちが、いそがしそうに動《うご》きまわっている。
ぼくたちは、少《すこ》し離《はな》れたところから、その様子《ようす》を見守《みまも》っていた。
——木村先生《きむらせんせい》が逃《に》げ去《さ》ったあと、ぼくたちはこまった。
とりあえず、学校《がっこう》に残《のこ》された動物《どうぶつ》たちをなんとかしないといけないんだけど、どこに連《れん》絡《らく》すればいいのかわからないし、第一《だいいち》、子供《こども》が話《はな》したところで、この状況《じょうきょう》を信《しん》じてもらえるとは思《おも》えない。

そこで、飼育小屋《しいくごや》の前《まえ》に落《お》ちていたスマホをひろって、陽菜《ひな》から職場《しょくば》のお父《とう》さんに電話《でんわ》をしてもらったのだ。

陽菜《ひな》のお父《とう》さんは、市役所《しやくしょ》につとめていて、けっこう偉《えら》い人《ひと》らしい。

それでも説明《せつめい》するのは大変《たいへん》だったけど、レオたちを写真《しゃしん》に撮《と》って送《おく》ったりして、なんとか理解《りかい》してもらった。

そこからさらに、あちこちに連絡《れんらく》して、ようやく近所《きんじょ》の動物園《どうぶつえん》から動物運搬車《どうぶつうんぱんしゃ》が到着《とうちゃく》したころには、夕方近《ゆうがたちか》くになっていた。

校庭《こうてい》に残《のこ》された数頭《すうとう》のライオンとハイエナ、それから校舎《こうしゃ》のなかに残《のこ》されたリスたちは、とりあえず近所《きんじょ》の動物園《どうぶつえん》で保護《ほご》することになったらしい。

だけど、これからが大変《たいへん》だ。

動物《どうぶつ》たちのちゃんとしたひきとり先《さき》をさがさないといけないし、どんな訓練《くんれん》を受《う》けてきたかわからないから、その影響《えいきょう》が残《のこ》っていないかも調《しら》べないといけない。

そういえば、逃《に》げる直前《ちょくぜん》、車《くるま》を運転《うんてん》していた男《おとこ》は、木村先生《きむらせんせい》のことを「博士《はかせ》」と呼《よ》んでいた。

先生《せんせい》たちは、学校《がっこう》を巨大《きょだい》な実験場《じっけんじょう》にして、いったいなにをしようとしていたのだろう。

工事《こうじ》をすると学校《がっこう》をだまして、これだけの動物《どうぶつ》たちを運《はこ》びこむくらいなのだから、相当《そうとう》大《おお》きな組織《そしき》が関《かか》わっているにちがいない。

目的《もくてき》はわからないけど、動物《どうぶつ》たちをムリやり命令《めいれい》にしたがわせる実験《じっけん》なんて、ぜったいにゆるせない。こんどもし木村先生《きむらせんせい》を見《み》つけたら、ぜったいに捕《つか》まえて、動物《どうぶつ》たちにあやまらせてやる……ぼくがそう決意《けつい》していると、

「大地《だいち》くん」

陽菜《ひな》のお父《とう》さんが声《こえ》をかけてきた。

「とりあえず、みんな車《くるま》に乗《の》せ終《お》わったよ。協力《きょうりょく》ありがとう」

おじさんには、**『動物《どうぶつ》の耳《みみ》』**のことはいわなかったけど、よく知《し》っているライオンなの

で、ぼくのいうことを聞《き》いてくれます、という話《はなし》はしていた。

「動物《どうぶつ》たちは、これからどうなるんですか？」

「そうだなあ……」

おじさんは、難《むずか》しい顔《かお》で腕《うで》を組《く》んだ。

「くわしく調《しら》べないといけないけど、もし人間《にんげん》をおそうように訓練《くんれん》されていたのだとしたら、最悪《さいあく》の場合《ばあい》、処分《しょぶん》しないといけないかも……」


「処分《しょぶん》って……レオたちを殺《ころ》すんですか？」

ぼくは思《おも》わずおじさんにつめよった。

「なにしろ、実際《じっさい》にきみたちをおそってきたわけだからね」

おじさんは眉間《みけん》にしわをよせた。

「でも、それは命令《めいれい》されただけで、あいつらはなにも悪《わる》くないんです！」

ぼくはうったえた。すると、となりで話《はなし》を聞《き》いていた蓮《れん》が、

「そんなの、いやだ！」

そうさけびながら、レオがはいっている檻《おり》にかけよった。

「あぶないぞ！」

作業着《さぎょうぎ》の男《おとこ》の人《ひと》が大声《おおごえ》をあげる。

だけど、蓮《れん》はかまわずに、鉄格子《てつごうし》のすきまから頭《あたま》をさしこんだ。

大人《おとな》たちが顔色《かおいろ》を変《か》えるなか、レオは顔《かお》を近《ちか》づけると、大《おお》きな舌《した》で、蓮《れん》のほおをべろんとなめた。

「ね？　だいじょうぶでしょ？」

蓮《れん》がふり返《かえ》って笑《わら》う。

おじさんは腕《うで》を組《く》んだまま、しばらくだまっていたけど、やがて腕《うで》をほどいて息《いき》をはきだすと、

「わかった。なんとか、処分《しょぶん》だけは避《さ》けられるようにがんばってみるよ」

そういって、ぼくたちに笑《わら》いかけた。

「ありがとうございます」

ぼくたちはそろって頭《あたま》をさげた。

ぼくは、檻《おり》にかけよると、レオに顔《かお》を近《ちか》づけた。

「レオ。ぜったいにまたあおうな」

レオは、ぼくの目《め》をじっと見《み》つめて、いった。


(アリガトウ、ダイチ)


レオたちを乗《の》せた車《くるま》が、校門《こうもん》から走《はし》り去《さ》っていくのを見送《みおく》ると、急《きゅう》に腕《うで》ががくんとひっぱられた。

顔《かお》を向《む》けると、蓮《れん》がつかれきった顔《かお》で、ぼくの腕《うで》にぶらさがっていた。

「蓮《れん》、だいじょうぶか？」

ぼくが声《こえ》をかけると、蓮《れん》は弱々《よわよわ》しい声《こえ》でうったえた。

「兄《にい》ちゃん……おなかすいた……」

ぼくは、がくっと肩《かた》を落《お》とすと、蓮《れん》の手《て》をしっかりとにぎりなおした。

「うちに帰《かえ》ろうか」

「うん」

蓮《れん》が笑顔《えがお》になって、ぼくの手《て》をギュッとにぎった。

「5時《じ》になる前《まえ》に帰《かえ》らないとね」

ぼくは校舎《こうしゃ》の時計《とけい》を見《み》あげた。

もうすぐ5時《じ》だ。

「ほら、急《いそ》ぐぞ」

ぼくは笑《わら》いながら、蓮《れん》の手《て》をひっぱって、校門《こうもん》に向《む》かって走《はし》りだした。

読《よ》んだ感想《かんそう》を
ハガキに書《か》いて
送《おく》ってねー！

集英社みらい文庫

猛獣学園《もうじゅうがくえん》！
アニマルパニック
百獣《ひゃくじゅう》の王《おう》ライオンから逃《に》げきれ！

緑川聖司《みどりかわせいじ》 作
畑《はた》 優以《ゆい》 絵

ファンレターのあて先
〒101-8050 東京都千代田区一ツ橋 2-5-10 集英社みらい文庫編集部
いただいたお便りは編集部から先生におわたしいたします。

2018年11月27日 第1刷発行

発行者 北畠輝幸
発行所 株式会社 集英社
〒101-8050 東京都千代田区一ツ橋 2-5-10
電話 編集部 03-3230-6246
読者係 03-3230-6080
販売部 03-3230-6393（書店専用）
http://miraibunko.jp
装丁 名和田耕平＋杉野杏奈（名和田耕平デザイン事務所）
中島由佳理
印刷 大日本印刷株式会社 凸版印刷株式会社
製本 大日本印刷株式会社

★この作品はフィクションです。実在の人物・団体・事件などにはいっさい関係ありません。
ISBN978-4-08-321473-8 C8293 N.D.C.913 182P 18cm

てるんだ!!!

弱小《じゃくしょう》チームの奇跡《きせき》の試合《しあい》!

負《ま》けっぱなしの弱小《じゃくしょう》サッカーチーム、山ノ下小学校《やまのしたしょうがっこう》FC《エフシー》6年《ねん》1組《くみ》。
勝《か》てなきゃ解散《かいさん》というチームのピンチに
熱血《ねっけつ》ゴールキーパー・神谷一斗《かみやいっと》と
転校生《てんこうせい》のクールなストライカー・日向純《ひなたじゅん》が立ち上がる!
2人《ふたり》を中心《ちゅうしん》に8人《にん》しかいないチームメイトが
ひとつになって勝利《しょうり》をめざす新《あら》たな少年《しょうねん》サッカー物語《ものがたり》!

FC《エフシー》6年《ねん》1組《くみ》のメンバー

FC6-1 3 篠原大和《しのはらやまと》
まじめでしっかり者《もの》のディフェンダー。一斗《いっと》のことを尊敬《そんけい》していて、力《ちから》になろうと奮闘《ふんとう》する。

FC6-1 6 中沢勇気《なかざわゆうき》
FC《エフシー》6年《ねん》1組《くみ》のたよれる主将《しゅしょう》。仲間《なかま》に指示《しじ》をだす冷静《れいせい》さとぜったいにあきらめない根性《こんじょう》アリ。

FC6-1 2 田上蓮《たがみれん》
クラスで一番《いちばん》背《せ》が高《たか》い男《おとこ》の子《こ》。だれにでも気《き》さくに接《せっ》する、転校生《てんこうせい》の純《じゅん》のよき理解者《りかいしゃ》。

FC6-1 10 日向純《ひなたじゅん》
転校生《てんこうせい》の天才《てんさい》ストライカー。これまでであったことのないFC《エフシー》6年《ねん》1組《くみ》の不思議《ふしぎ》なチームワークを信《しん》じている。

FC6-1 1 神谷一斗《かみやいっと》
負《ま》けずぎらいの熱血《ねっけつ》キーパー。アツい気持《きも》ちを胸《むね》に、すべてをかけてゴールを守《まも》りぬく主人公《しゅじんこう》。

白川円香《しらかわまどか》
いつでも笑顔《えがお》をたやさないチームのマネージャー。得意《とくい》なことはケガの手当《てあ》て。

FC6-1 5 瀬尾陽介《せおようすけ》
クラス一《いち》のお調子者《ちょうしもの》。どんなときでもみんなを明《あか》るくするムードメーカー。

FC6-1 7 久野翔太《くのしょうた》
ちょっとぶっきらぼうな少年《しょうねん》。母子家庭《ぼしかてい》で育《そだ》ち、6年《ねん》1組《くみ》はもうひとつの家族《かぞく》だと思っている。

FC6-1 4 杉本学《すぎもとまなぶ》
運動《うんどう》は苦手《にがて》だけど、だれもが認《みと》める努力家《どりょくか》。メガネがトレードマーク。

残《のこ》るのか――!
限界《げんかい》を超《こ》えた
ゲームがはじまる!
50人《にん》の小学生《しょうがくせい》が最後《さいご》の一人《ひとり》になるまで
ひとつの競技《きょうぎ》でたたかう大会《たいかい》、ラストサバイバル。
「最後《さいご》まで残《のこ》った優勝者《ゆうしょうしゃ》はなんでも願《ねが》いごとがかなう」という。
小《しょう》6の桜井《さくらい》リクはラストサバイバルに参加《さんか》し、優勝《ゆうしょう》をめざすが…!?
このゲームは遊《あそ》びじゃない!!
おどろきのラストを見逃《みのが》すな!!
ラストサバイバル
第《だい》1弾《だん》
最後《さいご》まで
歩《ある》けるのはだれだ!?
第《だい》2弾《だん》
でてはいけない
サバイバル教室《きょうしつ》
第《だい》3弾《だん》
つかまってはいけない
サバイバル鬼《おに》ごっこ
第《だい》4弾《だん》
かけめぐれ無人島《むじんとう》!
サバイバルアドベンチャー
シリーズ絶《ぜっ》賛《さん》発《はつ》売《ばい》中《ちゅう》!

だれが最《さい》後《ご》まで
ラストサバイバル
生き残りゲーム
宝をさがせ！
サバイバルトレジャー
大久保開 作
北野詠一 絵
集英社みらい文庫
第《だい》5弾《だん》
宝《たから》をさがせ！
サバイバルトレジャー
好《こう》評《ひょう》発《はつ》売《ばい》中《ちゅう》!!
生《い》き残《のこ》りゲーム
ラストサバイバル
大《おお》久《く》保《ぼ》開《ひらく》作《さく》
北《きた》野《の》詠《えい》一《いち》絵《え》

給《きゅう》食《しょく》がここにある！

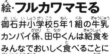

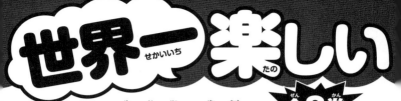

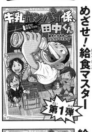

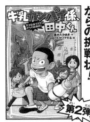

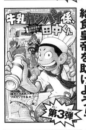

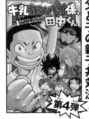

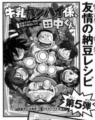

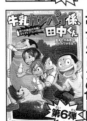

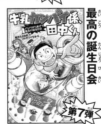

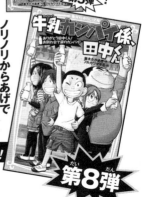